Letter

Akira Minagawa

minä perhonen

目次
Contents

2016

2011

Bohemian Rhapsody　8月2日

新しい発想に心躍らせる時、
車を走らせながら
クイーンのボヘミアンラプソディを聴く。
無限の情熱に満ちたこの曲が
心に響いて未来への力が湧いてくる。
まだ陽の高い夕暮れに。

記憶の匂い　8月11日

記憶はオーバーラップする。
この記憶には出会った匂いがするからだ。
この記憶への感触は
遠い彼方の光のようにうっすらと
僕の中に留まっている。

ある小さな湖　8月18日

湖面のさざ波は山々を映しながら、
そのものたちを光と混ぜ合わせて
幻想的な景色をつくりだす。
刻々と変わりゆく光と影に呼応する水面に
いつまでも目をうばわれる。
山間にひっそりとある小さな湖のこと。

そんな気配　8月26日

森に入る時　何かに見られている気がする。
恐いわけではない。　小さな森の精が
いたずら顔で笑っている様なそんな気配だ。
それは何か守られている様な不思議な
安堵となり　心はしだいに森と混ざりあう。

落ち葉はそれを　　9月1日

森。木々と実々が熟す頃。
新しく生まれる期待と希望が甘みと
なって鳥たちを誘うだろう。
鳥たちはついばみ翼となって希望の種を
大地に蒔くのだ。落ち葉はそれを受け止める
のが楽しいらしい。

いるのさ！　　9月9日

まだ走るのかい？
何のために？　どこを目指して？
何のためかも、どこへ行くかも、
いつまで走るのかもわからない。
それが楽しくて走っているのさ！

冬の森　9月15日

森は冬がキライになったのだろう。
動物たちに充分に木の実を集めて
あげられないのが歯がゆいだろう。
小さくなってしまった森は
動物たちといつまでも暮らすことを
今もずっと思っているだろう。

ちべたい空　9月23日

あのチョウチョが雪のちべたい
空でも舞えるのなら
私は咲いていたいと思っています。
羽の美しさは夏の光でなくったって
きっと輝いているはずだから。
私も咲いていて待っていたいのです。
もう一度だけあの美しい羽を
見られるのなら。

突然変異　　9月29日

アイデアは日常の記憶の突然変異だ。
僕の頭の中に急に現れ泡の様にすぐに
消えてゆこうとするから　僕はそれをかろうじて
つまみあげるように紙に記す。
そうやってその突然変異は形へと生命する。

冬へ　　10月7日

森は地の熱が少し、少し
冷めてくるのを感じていた。
あの夏はとうに過ぎ秋さえ
冬との再会を待ちわびている。
今、ケモノたちは森がモノトーン
に包まれぬうちに眠り支度を
はじめた。

もちもの　10月14日

何も持たず歩くなら
僕は自由だと感じるだろう。
たった一つ何かを持っていいのなら
僕は安堵を感じるだろう。
みんな持っていかなければ
ならないなら
僕は絶望する。

なっちゃった　10日21日

あなたに言っておけば
良かったことが何だったかさえ
忘れてしまいました。
そんなに時間が経っていること
にさえ気が付かなかったなんて。
それでもこうして会えば時を飛び
越えてずっと変わらないあなたが
いる。そのことに感謝したく
なっちゃったんです。

いつのまにか　　10月27日

少しづつ

少しづつ

歩く

少し休む

また 少しづつ

少しづつ

また休む

少しづつ

少しづつ

いつのまにか

こんなとこまで

いっそのこと

あと少し

つながった。　11月3日

あの時とこの場所と

その人とあれと

いつかの匂いと

私。

ずっと昔からの長い長い

決して切れない糸。

つながっている。

それは見えない。

ある日、

それはくるっと結ばれた。

何ごともなかったように。

風のように。

つながった。

その糸は皆に縁・enと呼ばれた。

ユメ　　　11月10日

ユメ ユメ ユメ

ユメ ユメ ユメ

ユメ ユメ ユメ

ユメ。

十回唱えたら

ちょっとぐらいは叶うってことに

ならないんだろうか?

百回唱えるぐらいなら

何かしらユメに向かってした方が

マシだし。

いたずら風　　　11月17日

風は冬を抱きかかえたまま

いくつもの山を越え

とうとう街に辿り着きました。

安堵した風は家々の団らんを

眺めながら過ぎゆく人の襟元

をそっとなぞっていたずらするのでした。
それから風は地面でもう休みたいと
思っている葉っぱを見つけてはとびついて
パラシュートがわりに飛び降りて遊びました。
風はそうやって冬を過ごすのが
好きなんだそうです。

霜柱　11月24日

小さな頃は
霜柱を踏むのが好きでした。
まだ土の道があったので
陽のあたらないその道草の上を
シャクッとズックで踏んでみるのです。
細く整列した霜柱がコゲ茶色の
土の上に光っているのがきれいだったのを
思い出します。
あなたにも同じ記憶はありますか？
私はその事を今朝思い出したのです。

何もない素晴らしい場所　12月1日

今、

旅に出るのなら

流氷のある海へ行こうと

思います。

あの氷の床を地響たてて

押しのけて真暗な水平線に

あてもなく行ってみたいと思います。

そこでは何もないという

素晴らしい場所があるのでしょう。

何もない素晴らしい場所が。

冬の願い事　12月8日

冬、

君が向かうところに

雪が降るだろう。

でもそれは君が願ったから

じゃない。

雪が降る道理があったからさ。
それでも君が雪を見たかったのなら
君が願ったからだと君は思うだろう。
勝手なもんさ
願い事なんて。

見たかった雪　12月15日

あの雪はずっと
私が見たかった雪なのです。
とてもゆっくりに
小さくその白い膜のような姿を
クルクルと回転させながら
落ちてくるのを二階の小さな
ベランダから目で追いかけるのが
好きでした。
だから今日、さっき
雪が降ったのは
私の願い事が叶ったのだと
思いたかったんです。

面会　　12月22日

思いもよらない出来事は
良いことと 良くないことが
代わる代わる列をなしている。
それらと順番に面会するのが
私の人生です。

きっと　　12月29日

あしたはどんなことがあるでしょう。
きっといろんなことがあるでしょう。
あなたはだれにあうでしょう。
きっといろんなひとにあうでしょう。
わたしはなにをするでしょう。
きっといろんなことをするでしょう。
きょうもいろんなことがありました。
それではみなさん
おやすみなさい。

2012

0　1月1日

真新しいゼロ。
始まるというエネルギーが
そのゼロにいっぱい いっぱい
つまっているのだろう。
心が踊ってしかたない。
さぁ、始まった。
真新しい時。
いつものゼロ。

大切　1月5日

大切なこと。
それは誰かと繋がっているということ。
私の困惑に遠くのあなたが
助けに奔走してくれていること。
私にはかけがえのない
大切なこと。
私もあなたにそうします。

旅　1月12日

旅とは

知らない街を歩くこと。

初めてのものを見ること。

偶然に出会うこと。

未来を空想すること。

今を戸惑うこと。

会えずに淋しいこと。

突然ひらめくこと。

温かさに安堵すること。

何も考えないこと。

自分に問うこと。

次に向うこと。

優しくされた。　1月19日

知らない国の
知らない街の
知らない道の
知らない家の
知らない人に
優しくされた。

道　1月26日

抜け道は無い。
先に行くことはできるのに。
抜け道は無い。
引き返す道は無い。
先に行くことはできるのに。
引き返す道は無い。

行くしかない。
先には行けるのだから。
この道の終わるまで。

親へ　2月2日

近くの遠く

遠くの近く

大事な人は

そういう人だと

思います。

今、

親を思うとき

わかったことです。

近くにいる時に

気づけずに

ごめんなさい。

どうぞ

体に気をつけて。

息子より。

最後の夢　　2月9日

記憶のために
私は生きる。
そして終わりの瞬間に
回想しよう。

心でいっぱいつぶやいて
あぁ
楽しかったって。

それが私が最後に
見たい夢です。

明日　　2月16日

言おう

届くだろうことを

信じて。

そこから始まろう。

気持ちがあるうちに。

明日こそ

明日こそ。

空想のねじれ無限　2月23日

所在のないものたちの
居場所を探しに行く旅は
いつから始まり
どこへ辿りつくのでしょう。

空想のねじれ無限の
箱の中。

探し物は見つからない。

呑気でいましょう。

さようなら。

zzz....　　　3月1日

眠ってる。

自由と空想の生命の中で。

肉体も

重力も

時間も

あったり、なかったり。

生命の解放

zzz....

雲見物　3月8日

なんにもしないで
見てるだけ。
なんにも思わず
ただ見てるだけ。

じっとして
ただ見てる。

雲がやってくるのと
行ってしまうのを
ただ見てるだけ。

寝ころんで

草の上に

今日の日に思うこと　3月11日

わたしに一ついいことが

あるたびに

誰かに悪いことが起こるなら

どうか互いをうち消して

なんにも起こりませんように。

わたしの10個の喜びが

誰かの大きな悲しみと

交換できるなら

9個の喜びを誰かにあげる。

そしたら誰かは小さながっかりで

すむかもしれない。

わたしも1個の喜びで充分です。

どうか誰かの悲しみや大切な場所が、

人がわたしたちのささいな喜びや

都合の犠牲になりませんように。

飛べない理由　　3月15日

飛べないのは

飛ぶ方法が見つかって

無いからだ。

変化の必然の中に

鳥はそれを見つけたんだ。

そしていつか飛ぶだろう。

人も

自分で。

ひっそりと　3月22日

真実

事実

現実

嘘

架空

空想

大切なものは

どれにもあるんだ。

見えるか

見えないか。

見るか

見ないか。

大切なものは

ガラクタと一緒にいる。

見失いやすく

ひっそりと。

不思議なホッ　3月29日

あんなに願いが叶ってしまうと
もうすぐ終わってしまうような
気がしていました。
だからこんなひどい失敗が
終わりを伸ばしてくれるような
気がして安心したんです。

不思議な安堵があるものです。

ひらめき　4月5日

束縛から自由を。
欲から夢を。
苦悩から希望を。
矛盾から真理を。
俗から美を。
ひらめきたい。

会えた　4月12日

桜の花が
せっかちに地に落ちた。
この春はいつも
会えないモクレンと
会えたことが
うれしくてうれしくて
それでもう満足
したんだそうだ。

それは昨日の蝶が
教えてくれた話。

春の小さな世間話。

アカペラ　4月19日

チェーン店のコーヒーショップで
慌ただしくサンドウィッチとカフェオレ。

耳が懐かしい歌に気づいた。

まだ自分の物作りが始まったばかりで
その日することさえ見つからなかった頃に
向かいのCDショップで買ったアカペラの曲。

急に時間が止まった。

過ぎた記憶が巻き戻されて
あの日に。

風が気持ちいいと言ってはベランダ。
何にも上手くいってなかったっけ。
でも心が開放されていた感触だけ
今もこんなに残っているなんて。

雑踏に戻る時、
頭の中の歌声が消えないように
口笛吹いた。

ずっと生きている　4月26日

“忙しい？”
と聞かれて
“やる事は沢山あるけど
　心は死んでないよ。”
と屁理屈を言ってみる。
悩みや混沌の中にさえ
想像の住処はちゃんとある。
だからどんな時間も
心はずっと生きている。

日々　5月3日

いいアイデアが思いついたのに
うれし過ぎて大切なものを
どこかに置き忘れた。

私の日常はこんな感じです。

ある日から　5月10日

ある日
生まれた

それからずっと
生きている

出会ったり
別れたり

怒ったり
嬉しかったり

外から
内から
湧き上がる

そうやって
時間が流れて

今も
生きている。

南の島に行きました　5月17日

南の島に行きました。
みんなで物をこしらえて。

できることは違っても
違い合わせてちょうど良い。

それをみんなで持ちよって

みんながみんなの手にとって

うれしい気持ちになりました。

ある初夏

風の心地良い

南の島に行きました。

金環日食　5月24日

あんなに月に隠された太陽が
それでも充分に地球を

照らしてくれている。

ある日、自分の可能性が
どんなに小さくなったとしても
できる限りのことをして
誰かのために生きてみよー!

朝7時半　京都にて。

ものたち　5月31日

芸術と愛。
心に住まう
不思議なものたち。
とらえどころのない姿で
自在に心に触れてくる。
歓喜と絶望のメビウスの帯。
純粋でいびつなものたち。
心の住処に変幻自在に
住まうものたち。

生まれて消えた　6月7日

喜びを見つけた。

その喜びがいつまでも

あるよう願うと

そこから

小さな苦悩が生まれた。

苦悩はやがて喜びを覆い隠し

いつしか苦悩の中に

喜びを探し求めるようになった。

ある日、とうとう

喜びは見当たらなくなってしまった。

すると苦悩も小さなしこりを残し

ほとんどが消え去っていった。

行ってらっしゃい。　6月14日

心配いらないから

行ってくるといいよ。

上手くいかないのが怖いから

行かないのなら。

だってきっと上手くはいかないよ。

でもそれは始まりの時に

無くてはならない

お守りのような時間なんだ。

だからもし上手くいったなら

気をつけてね。

行ってらっしゃい。

どちらも　6月21日

光を発するもの

光に照らされるもの

どちらも輝く。

夢を語る者

ひたむきに思う者

どちらも輝く。

いるだけ　　6月28日

時間は何も言わない。
始まりから終わりまで
全ての言葉に寄り添って
いるだけ。

時間は形を持たない。
始まりから終わりまで
全てのものができるのを
見守って
いるだけ。

時間は
いるだけ。
自在に。

始まりと終わりの証。

小さな白い花　7月5日

ある日、空き地で
蜜蜂が一生懸命に
花粉を集めていたので
私もその花をそっと覗きこんで
みました。
とても小さな白い花は
とっても丁寧に花びらを並べて
咲いていました。
葉っぱもまるで繊細なボビンレース
の様に葉脈を這わせて薄い緑に
透けたその流線形が
とっても美しかったのです。
見慣れた景色にいつもたくさん
咲いていたその花たちを
私は雑草と呼んでいました。

私の目や心が雑だったからです。

夢と旅　　7月12日

あの人は旅に出ました。

未来へ向かって

夢があったからです。

旅は夢と一緒なら

心強く輝くでしょう。

夢も旅の時間と共に形を成し

いつか生き甲斐にまで育つでしょう。

あの人は旅に出ました。

夢と一緒に旅に出ました。

アクシデント　　7月19日

その偶然のアクシデントに
私の悪意は微塵もなかった。

それでもあなたにとっても
私にとってもそれは
災難以外の何ものでもなかった。

故意のない災いは何かの暗示か、
それとも何かの罰が当たったのか。

大事に至らず胸を撫でおろしながら
一度きりの命のなかで
無数のどうすることもできない
運命とやらがうごめいているのでは
ないかと私は身震いした。

そしてお財布の隅に入れておいた
小さな御守りがあるのを確かめた。

変わる　7月26日

自分の生きる道が
見えなくなりそうな時
僕は場を変えるだろうか
自らを変えるだろうか
どちらも変えるだろうか
変えられるだろうか

信念と自由と挑戦を
置き去りにしないように
変わりたい。

happy happens　8月2日

happy happens

happy happens

うれしい風の吹く日には

happy happens

happy happens

淋しい森に行く日には

happy happens

happy happens

北の森へ飛んでった

小鳥のヘリンに教わった

私の好きな

おまじない。

遠くに行こう　8月9日

日々の常は同心円につながって
くるくる回っている。

だから
遠くに行こう。

次第に引力は弱まって
戻らなくていい場所に
着くだろう。

私の知らない世界
私を知らない世界

遠くに行こう。
ギリギリまで。

遠くへ行こう。
気のすむまで。

こじあけて　8月16日

自分を疑う。

自分を疑える自分を

信じる。

そうやって脱皮するんだ。

後悔もするし

開き直りもする。

そうやって次の自分を

こじあけて。

生きている実感だけは

離さないようにして。

ジジジッジジジ　8月23日

私が蝉だったなら

始めの命の
土の中
何を思って
生きるだろう。

それから
土から這いだして
我を破って変体し、
戸惑い消えぬ
数日に、
何を思って
生きるだろう。

もう飛べないと
わかったあと少し
何を思って
生きるだろう。

夏の終わりに
蟬たちの
ジジジッジジジ
を聞くたびに
おんなじことを
想います。

私はヒグラシになら
なりたいです。

頼ってる　8月30日

出来あがらないかもしれない時は
みんなに頼ろう。

失敗した時も
みんなに頼ろう。

そんなこんなの

あぁ、間にあわないかもしれない。
誰か助けて～。
と、思いながら時が過ぎる頃
ようやく私のエンジンはかかるのだ。

そうして走り出すと
いつの間にか
みんなが私を助けて
くれている。

あぁ、よかった。
間にあった。

なんて日々が続いています。

と言いたい。

ピッカピカ　9月6日

未来が今よりいいなんて
想像しない とっても素敵な

ピッカピッカに光る
今にする。

ずっと
これから

ポーン　9月13日

美しいとか

優れているとか

完全とか

このおぼろげなくせに確かにありそうな

ものたちはずっと僕の心の中にしこりのように

居座っていた。

そうはイカちゃん、スルメちゃん、

僕の好きなものを好きなだけ思う存分吐き出して

価値なんて物差しで測れないやつを

この世にポーンと出してやる

そこにあるものがきっと自分だ。

コロ　9月20日

コロコロ　コロコロ

笑ってる

コロコロコロコロ

転げてく

ココロ　コロコロ

変わってく。

終わりについて　9月27日

まったく同じ道のりを
終着を知って歩くのと
知らずに歩くのではどちらが
楽しいだろう。
私は終わりを知っていた方が
いいように思っていたけれど
今ではどちらでも構わない。

というよりは終わらない気がしている。
何故なら今の私は引き返したり
休んだりしてあまり進んでいないので。

一日　10月4日

24時間という長さが
一日であるということが
今はうれしく感じます。
目の前のことに向き合って
いる内にあっという間に終わる
この一日は寂しい気持ちを
思いださないようにもできますし、
心が向かうことさえ見つければ
一日の終わりまで辿り着けます。
この星にいられることは私にとって
とてもちょうど良く
ありがたいです。

まで。　10月11日

今はアイデアが浮かびません。
頭の中が空洞で
静かな闇の中にいるようです。
焦りよりは安堵の気持ちです。
またこの意識の中に浮かんでくるだろう
次の種が芽を出すまでは
ひととき
じっとしていよう。
ひっそりと策を練って
一気に自分の満たした心を
蹴り上げて
もいちど空っぽの自分に溜めていこう。
それを何度も繰り返し
何度も何度も繰り返し
見えなくなって
動かなく
なって
しまう
まで。

知っています　10月18日

地球はそもそも
私達、人間のものでは
ありません。

勿論
宇宙もです。

人間以外のものたちは
知っています。

当たり前の
そのことを。

楽しみ方　10月25日

絵を描くこと
線を引くこと
空気を掴むこと
重力と戯れること

速度に乗ること
空想に潜ること

私の生活の楽しみ方。

冷たい風　11月1日

冷たい風にのっかった
おかずの匂いが
私の冬の楽しみです。
知らない人ん家、
蛍光灯の台所、
味噌煮の匂いを
嗅ぎました。
歩き疲れた帰り道
おばぁちゃんを思い出します。
水戸黄門と大相撲
炬燵にはいって見てました。
それは
あったかい退屈な時間でした。

みんなで相談　11月8日

自分の中には
全く違う自分が何人も
住んでいます。
その人達は別々にいるのではなく
みんなで相談するのです。
絵を描く時や言葉を見つける時、
一人になれた時、その人達は集まって
話しはじめるのです。
それを離れた私が眺めています。
そのうち絵や言葉が生まれてきます。
不思議なことだと思っています。

落ち葉　11月15日

朝露に濡れて
眠っている
落ち葉よ、
その美しさは
新しい命に変わることを
知っているからか
それとも
知らずにそんなに美しいのか。

地に降りるまで
何を思い
風に舞い
踊っていたのか。

もうすぐ土に還るのが
うれしかったのかい。

ほんのちょっと　　11月22日

今日は

思いつくこと

ツギハギ　ツギハギ。

私のために

作ってみよう。

何かの為じゃなくて

このひとときが

私の時間であります様に。

ほんのちょっと

懐かしいことツギハギさせて。

そんな時間を忘れてしまいそうだったから。

帰ったら又、

みんなにご飯をつくってあげる。

だから今はね、

私の時間ね。

しもやけ　　11月29日

小さな頃
手がしもやけでひび割れて
痒かったのを仕方なく舐めていました。
カサカサで白くなった手を
洗う時、痛くて痛くて嫌でした。
家に帰って軟膏塗るとなおのこと
痛痒くてじんじんしてくるのを
こたつの中で我慢してました。
冬が来るのが嫌でした。
それでも僕は
あの時
とっても自由だったのです。
今はしもやけは
できなくなりました。

観察　12月6日

どうしようも無いことは
どうなることか観察してみよう。

解決なんてしなくても
小さな変化を観察しよう。

悩んでいるより
楽しそうだ！

使いきり　12月13日

一回きりの
使いきり。

私の生命の持ち時間。

重なりながら
消えていく。

私がもらったこの時間

一回きりしか
無いのに

私は

やってみるか　12月20日

前に進もう。
思い過ごしだとわかるから。

振り返ろう。
目線を変えれば景色が
一つでないのがわかるから。

目を閉じよう。
自分に問えば
行き先が見えるから。

というわけで
やってみるか。

どっち　　12月27日

長くも思えるし
短くも思える。

遠くにも感じるし
近くにも感じる。

良くも思えるし
悪くも思える。

終わりのようだし
始まりのようだ。

どっちかのようだし
どっちでもないのか。

心は自由にできている。

2013

一瞬　1月1日

一秒

一日

一年

一生

どれも一瞬に思える。

新年　1月3日

新年というのは

洗いざらしのシャツのようです。

新品では無いけど

陽を浴びて

ふっくらしてる

そんな感じが

するからです。

きっとまた

シミをつけたり

引っかけたり
ボタンが取れたり
するんだろうけど

それでも
愛着の湧く
一年になりますように。

もらってる　1月10日

すってー
はいてー
はいてー
すう。

こうやって
当り前のように
ずっと
命の素をもらってる。

生きなきゃ！

つくる　1月17日

毎日、毎日
ものをつくっています。
そのことから
私は人生の喜びの
大半を受けとっています。
それは私が次に向かうための
糧になります。

私はものをつくります。
ものは私をつくります。

逆でしょ　1月24日

夢や希望っていうのは
どうやって生まれてくるのだろう

それは何によって諦められるのだろう

諦めたあと、何が生まれるのだろう
それは夢や希望より輝いているのだろうか

もっと素敵なものがやってくるのだろうか

できないことが夢の始まりなのに
できないことが夢を諦める理由になるなんて

逆でしょ！

細胞の皆さんへ　1月31日

微細で尊い無数な生命が生きる
住処の責任者として
自分の体を大切にします。

何十兆の皆さんが私の一個の生命を
維持してくれていることに
感謝します。
例え皆さんの都合でそうしていたとしても
そのおかげで私も生きてます。

だから私も皆さんの良い住処に
なろうと思います。

チャンス　2月7日

描こうとするものが
一瞬見えなくなって
迷いが現れた時がチャンスだ。

迷いはアイデアを引き込んで
一緒くたにかき混ぜて
とうとう思いもよらないことになる。

それは更なる迷いか
ひらめきか

迷いと直感

アイデアの表裏に
心が弾ける。

秘密基地　　2月12日

夜になるとブランケットにくるまって
少し寒いの我慢して
一人旅して野宿した気分になるのが
私は好きです。
目をつぶってまずは夜空を想像します。
それから森の隙間に寝床をつくります。
そうやって空想の中で心地良いように寝るのが
楽しいのです。

こんな風にいつでも、どこでも楽しく眠れたら
好きなことができない時や
心が窮屈な時も
眠っている時は安堵の中に
いられます。

眠りは私の秘密基地です。

寝袋で寝ると更に楽しいです!

目的と意味　2月19日

目的を探す旅に出て
結局見つからない。
そんなオチが人生には
ある様な気がする。

ただ何かに向っているという錯覚が
自分を安心させているだけなんじゃないかと。

作ってみたい物もある。
行ってみたいところもある。
それでもこのことが人生の
目的なんだろうか。

だとしたらそれにはどんな意味が
あるのだろうか。

意味なんてあるんだろうか。

さて、絵を描こう。

何とかなる　2月26日

多くのことは相対的なことだから
焦らず瞬間を観察してその時に
呼応すればいい。

準備をしていれば少しは安心だけど
突然の時には焦らない自分でいれば
何とかなる。

何とかならなかったら
それを受け容れる
自分でいればいい。

色んなことが とっても柔らかく
混じり合って無数の事象と心は
繋がっているのだから。

発光　　3月5日

いつもは
陽に照らされ
光ってて

ある時、
暗闇の中に落っこちて。

そしたらムクムク
発光しはじめる。

そんな虫になりたいと
思っています。

生き甲斐　　3月12日

想像していませんでした。
私の人生が
こんなに絵を描くことになり
そこから溢れるほどの
生き甲斐をもらうとは。

偶然のように始まったこの仕事を
今は情熱の全てを尽くして
続けたいと思います。
私という存在が私の絵を
もって記憶されたなら
なんて幸せなことでしょう。

記憶袋　3月19日

私の命は
これまでの記憶を
せっせと溜め込んで
小さな袋に小分けして
どんどん積み上げ
私の中身を作っています。
当の私にはすでにカオスの
記憶たちが未来の私に
どんな選択をしていくのか
私は時々
その記憶袋を覗き込むのです。

自信満々　3月26日

桜が満開の時、
可愛らしいのは太い幹に
ポツポツと飛びだしてきちゃった
花たちだ。
なんでそんな所に咲いちゃったの？
風に揺られながら
みんな自信満々に。

有り余るほどに咲きたいなんて
素敵だなぁ。

走馬灯　4月2日

大きなことが終わりました。
今は安堵の中に浸っています。
走馬灯のように思い返される
一つ一つに確かに私の意思があり
思考があったのだということに

喜びを感じながら。

心を思いっきり脱力してみます。

またゼロ地点に立つのだから。

美しかった　4月9日

桜がおよそ咲ききった頃、

嵐は花を散らした。

花は何も逆らわず

潔く風に舞い

地に降りていった。

桜の潔さが美しかった。

嵐の無情さが美しかった。

ラッキー　4月16日

目が覚めると新しく始まり

目を閉じると終わる。

続けたり 辞めたり。

覚えていたり 忘れたり。

何より感動するのは

何が起こるかわからないということだ。

そんな素晴らしい仕掛けをいろんな

命とシェアしてるなんて

生まれてこれて本当に

ラッキーだ。

たぶん　4月23日

ちょうど良く生きるって

難しいなぁ。

そもそもの頃合いが解らない。

幸せだって悩みと一緒くたになっていて

それだけ取り出そうなんて

至難の技だ。

ちょうど良いなんて無い

そう思うくらいがちょうど良いのか。

癖ありの人生を僕はいただいた。

たぶん皆さんもそうなのでしょうね。

好奇心の卵　　4月30日

好奇心と可能性に惹かれるままに

夢中に探していると

いつかは形に辿り着きます。

するとそこには次のヒントが

光っているのです。

それをまた追いかけていきたくなるので

ずっとずっと確かめたいことが

終わりにならないのです。

出来上がったものたちは

次の好奇心の卵です。

そうやってものと好奇心との関係は

続いていくのでしょう

喜びスイッチ　5月7日

すごく大変そうに見えた人が
“私はラッキーなのよ”
と言った。

その途端、その人が
とっても強くて
柔らかい人に見えた。

大変を喜びに変える
スイッチを持っているのだろう。

二つの命　5月14日

現実を見たければ
目を見開き
空想に浸りたければ
目を閉じればいい。

瞼の薄い幕の内と外に
私たちは世界を持っている。

同時に二つの世界を生きている。

その二つの命が一つの心に
共存している。

オマケ　　5月21日

夢を持ちつづけていると
それに運がオマケに
くっついてくる気がする。
オマケだからあてにはしないけど。

笑う　5月28日

心が笑う。
うれしいことや楽しいこと
そういう理由のある感情じゃなくて
ただ自分が自分を受け入れる
そんな時には
心が笑うんだろうな。

ググーッワーッフーッ　6月4日

根無し草のように
寂しくなる時がある。
そんな時は一人の世界に
ググーッと潜ってワーッてやって
フーッとする。

あんまり変わらないけど
少しバカバカしくなって
気が紛れる。

未開の地　6月11日

ようやく辿り着いたその地さえ

次の旅のはじまりの地。

そして また 未開の地へ心の帆を上げ

風を味方に進むのだ。

終わらない

探究の旅へ

在る　6月18日

見えないものと

見えるものは

本当はつながっている。

見えないだけ。

見えるだけ。

形は集合体

集まってるだけ

見えないものは

散っているだけ

繋がっている。

在る。

辿り着く　6月25日

可能性はそもそも無限です。
諦めが有限にするだけです。
心の"諦めスイッチ"をoffにしておけば
ずっと思い続けているうちに
辿り着いてしまいます。

それでも
人生は有限ですし
その時間はとっても短いので
次の生命に繋いでもらえば
辿り着くでしょう。

それが光り輝くものならば
きっと辿り着くでしょう。

山羊と私　7月2日

草を食む山羊
草を食む山羊

草を食む山羊

彼処へ歩く私

風 風

草を食む山羊

歩く私

欲　7月9日

お腹が空いたり
眠くなったりするように
私は絵を描きたくなります。

私にとっては生きるための

欲なのだと思います。

お腹が空くとイライラするように
描けない日が続くとイライラ
してしまいます。

描くことは素敵なことなのに
それも欲なんだと思うと
不思議です。

技　7月16日

嫌だなあと思っていることを
好きなふりしてやってみると
思ったほど嫌じゃないって
技を時々使います。
しょっちゅうすると
効き目がなくなるので
いざという時
おすすめです。

うれしいから　　7月23日

向かっているその先に
何かがあるとは
限らない。

だから向かうことを
大事にする。

何にもなくても
後悔しないから。

何かあったら
うれしいから。

膨らんで　　7月30日

私らしいやり方で
誰もが愛しく思ってくれるような物を
作りたい。

できることなら私にしか

できないことも見つけたい。

そしたら生まれてきた意味が
私の中で膨らんでくれるだろう。

そしたら明日を思って眠れるだろう。

回転木馬　8月6日

踊ってしまおうか
歌ってしまおうか
それともじっとしてようか

止まらない
回転木馬

夢は私の中にある
私は夢の中にある

生きる喜びなんて
死ぬほどあるさ

記憶の海　　8月13日

私が私を自覚した時
既に私の中には
私以前の記憶が満ちている。

今、私はその中に私の持ち時間分の
記憶を注ぎ足している。

そうやって濃密になった記憶は
次の生命につながって
その生命が喜びを感じる
スイッチとなったり
苦悩を乗り越える
力になるのだ

記憶の海を汚さないように
生きたい。

迷路　8月20日

私がいるこの迷路には
出口はありません。
ここではどう迷い、何を選択するかが
ゲームです。
そこを歩き続ける唯一の原動力は
空想の悦びです。
空想の生命は自由に生きています。
そして朽ちることなく心の中で育っていくのです。
出口の無いこの迷路を歩いていることで
空想と一緒にいられるのです。

この迷路には出口はいりません。

もう一つの一日　8月27日

夜、ちぢこまる。

目をつぶり

じっと待つ。

目の奥の暗闇とチカチカ。

眠りの中で目覚める。

もう一つの一日が

夢の中で始まった。

伸縮、無限、無重力。

いっさいがっさい

自由自在。

飛んでけ、飛んでけ

飛んでいけ！

はい、またね　9月3日

残りを数えるのと

積み重ねたこと

数えるのと

どちらにしよう。

そんなことより終わるまで
限りのあること忘れて
楽しもう。

終わりがきたら
はい、またね。

私の隙間　9月10日

公園のベンチで腰かけて
深呼吸して
スズメ見て
葉っぱ摘まんで
指の匂い嗅いで
ちょっと子供の頃想い出して
立ち上がって
次のとこ行く。

見えない光　　9月17日

あなたを誰かと比べられるのは
せいぜい皆んなも持ってるとこだけ。
あんな素敵はあなたにしかないから
比べることすらできやしない。
見ようとしなければじっと隠れてる。
とっても繊細であなたを愛さないと

見えない光。
今はあなたも知らないかもね。

糧と証　　9月24日

歩き続けるために
背負った荷物は重いけど
そこには生きてく糧が詰まってる。
この重さと引き換えに
生きてる証を見つけたい。

沈黙と想い出　10月1日

父と温泉へ。
ゆっくり湯に入り
語ることなく風にあたっている父。

親子として
あまり話せなかった私達

二十数年が経ち
今ここに言葉がいらなくなったあとに
残った沈黙がある。

父の背中を流しながら
子供の頃、一緒に行った
小さな湖に吹いた
夜の風を想い出した。

絵　　10月8日

色と光を追いかけていくと
そこに景色が浮かんできます。

筆をなびかせてキャンバスにおくと
そこに風が吹いてきます。

描いているのが喜びなら
そこに感動が染み込んでいきます。

そんなふうに描いていきたい。

大切な　　10月15日

大切なものは定まらない。
大切なものは自由でなければ
いけないから。

私たちの人生も
芸術も

も

自由でいなければ。

失くしちゃいけないから。

ネガポジ　10月22日

ネガティブとは不安への期待だ。

ポジティブとは不安への挑戦だ。

人は上手くいかないことへも期待する。

心の不思議な仕組みの

一つです。

断崖絶壁　10月29日

昨日は大海原に立つ今にも崩れそうな
断崖絶壁の細い道を一人で歩いている途中、
行き止まってしまいましたので
崖の頂上へそっと体重移動しながら
登る夢を見ました。
無理な力を入れたら崩れてしまう
もろい岩肌の触感が目を覚ました後にも
手に残っていました。

その日は昼まで仕事を休みました。
その夢が私の心から湧いてきたように
感じたからです。

気のせいかもしれませんが
夢の中の私も私だからです。

のどか　　11月5日

旅先の喫茶店
婆さん達の井戸端話
ラジカセからは“どんぐりころころ”

婆さん達は飲み薬の話と
自分のあてたパーマの話と爺さんの
死んじゃった話を同時にかぶせあっている。

私はコーヒーのオマケについてきた
ゆで卵を食べるか迷う。

のどかなカオス

ラジカセからは“紅葉”の唄が流れてきた。
誰も聴いてない。

頭の中で口ずさむ
婆さん達の話は終わらない。

経験箱　　11月12日

驚くほどのアイデアを見つけたいなら
頭の中の経験箱をひっくり返して
先入観も振るい落として
奥底に溜まった不安や恐怖も拭い取って
真っさらな気持ちになればいい。

そしたらきっと湧いてくる。

そこまではわかってる。

野良猫　　11月19日

お前には敵わない。
孤高に歩き、施しを拒み
孤独に安堵する。
媚びのないその眼差しに生きる力を
漲らせ、忍び歩くお前に
私は敵わない。
執着のない命を

野良で生まれたお前は持っている。
お前のように私も強くなりたい。

虹　11月26日

陽光と雨が虹を生んだ。

希望と苦悩は何を生むのだろう。
夢と挫折は何を生むのだろう。

あ！

虹が消えた。
何も無かったように。

生まれては消える。
希望も苦悩も夢も挫折も。

生まれては消える。

それだけ。

追憶　　12月3日

新幹線から見えた富士山
を遠く懐かしい記憶を辿るような眼差し
で眺めていた老婆の微笑み
が何だかとっても平和で美しかった。

美しい追憶を大切に持っているのだろう。

挑む　　12月10日

視線を移せば景色が変わる。
視点を変えれば思考が変わる
歩きだせば所が変わる。
考えだせば答えが変わる。
耳を澄ませて
目を見開いて
言葉を尽くして
日々に挑む。

雨　12月17日

雨が降る前の
雲の影。
風の匂い。
それらの気配を
私は好きです。
こんな雨の光や色を
描きたいと思います。
漂うグレイの絵の具で雲を
奥に潜んだ白で光を。
そして私の好きな青を
ほんの少し足して
風を描こう。

いろいろ　12月24日

いろいろ

いろいろ

いろいろ

いろいろ

いろんなことが

ありました

宙に星降るように

地に花咲くように

いろいろ

いろいろ

いろんなことが

ありました

しまっておこう

すててしまおう

明日のために。

大掃除　12月31日

大掃除の日なのに
ニーナ シモンを聴きながら
片付けもせず
絵を描いている。

心の中だけは
きれいさっぱりだ。

2014

予感　　1月1日

予感は何から生まれてくるのだろう。
新しいものへの期待か
それとも過去への記憶か
予感という心の始まりを
じっと観察してみよう。

私の根っこが見えそうだ。

これから　　1月7日

あたらしい
あしたから
あたしらしい

眠る　1月14日

眠りという自由と想像に満ちている時間が
私は好きです。

心にとっては眠りの中が
現実の世界なのではと思います。
私の中の意識と無意識が混ざりあう
眠りの時間。

私は毎日楽しみです。

生業　1月21日

突き動かされること
それが生業だ。

そのために生きていたいし
そのためなら死んでもいい

私はものをつくることを
そんなふうに思います。

葛藤　1月28日

同んなじことから
うれしくも
悲しくも
怒りにも
喜びにも
なると言われても

私は苦しかったり
楽しかったりまちまちです。

葛藤してしまうのです。

もう、ずいぶん生きているのに。

可愛らしい　　2月4日

自分の蒔いた種の大半からは
雑草が生えてきました。
その雑草に名前をつけて水をあげて
育てています。
それはいい香りを放つわけでも
可憐な花を咲かせることも
ありません。
それなのに自分が育てたというだけで
愛しく、可愛らしいと思うのです。

自由へ　　2月11日

賑わうカフェに飛び込んで
一目散に馴染んだ本に
滑り込む。

孤独への解放
空想癖は私の宝物

私が個体から精神に

なっていく。

生きている実感

至福の心地

自由の証

時と生命　2月18日

生命の中で時は自在だ

時の中で生命は自在だ

光の如く

無の如く

生まれては消える。

春が来る　2月25日

昨日

突然

小さい頃に遊んでいた公園の匂いが

鼻腔を過ぎていった。

雨が降るほんの少し前の湿った

柔らかい風のこと。

暫くその記憶の中にいたくなって

瞼の中にじっとしていた。

記憶が私を遠い昔にかくまった。

梅がふたっつほころんで

あともうちょいで春が来る。

会いに行こう　3月4日

世界の人に会いに行こう。

今、思うこと

これから思うこと
詰め込んだ。

みんなで作った物たちと
世界の人に会いに行こう。

そうしていっぱいの
未来抱えて

帰ってこよう。

証　　3月11日

うまくいくことで立ち止まり
失敗することで進む

そんな習性を持っている

最終的には失敗するのだろう
挑戦し続けた証として

苦い薬　3月18日

人の生き甲斐とは面白いものだなぁ
と思います。
まだ見つかっていなくても
見つけようとするその意思だけで
それがすでに生き甲斐に等しいからです。
生きるということの中での困難は
生き甲斐に向かわせるちょっと苦い薬
のようなものなのかもしれないと思います。

旅立ち　3月25日

私が大切なものを失くした時
私は失いましたがその大切なものは
きっと新しい出会いを見つけ
大切にされるでしょう。

大切なものはそのように在る場所が
変わるだけで輝きは変わらないもの
だと思います。

失くなったのではなく
旅立ったのです。

やめない　4月1日

桜の花は
今日、雨が降ることを知っていました。
それでも咲くことをやめませんでした。

潔い美しさだなと思いました。

託す　4月8日

一生という小さな有限の時から
永遠に繋がるものを生み出してみたい。

物に託して。

過去と未来　4月15日

満天の夜空を見上げる時
過去は未来に続いているのではなく
様々な過去が無数の星のように
未来という無限の空間に浮かんでいて
過去の周りをあらゆる可能性の未来が
包み込んでいるのではないかと思います。
だからこそ
過去によって未来は束縛されず
常に未来には自由で無限の可能性が
あるのでしょう。

現在は過去という事象となり
それは果てしない空間の未来から
生まれているんじゃないかと思うのです。

手紙　4月22日

何も書かない手紙を出します。
言葉にならない気持ちを

伝えたいから。

まっ白い紙の中に在る
私の思いが
届きますように。

届きませんように。

レシピ　　4月29日

昇りたての朝陽
まろやかな南西の風
透けるような新緑の葉音
芽吹き始めの野の草
始まりへの予感

こんなレシピで
春の一皿
つくりたい。

何度も　5月6日

一生は一度きりだけれども
人生は何度でも再生可能だ。

だからこその失敗だし
だからこそ日々は繰り返す

そうやって何度も何度も
生まれ変わって
一生が終わっていくのだろう。

物は生き物　5月13日

物が生まれる

人の手から生まれる

土地から生まれる

宇宙から生まれる

空想から生まれる

火の巡り　　5月20日

水に火を当て湯が沸いた。
火が水に溶けたのだ。

湯に染み込んだ火を飲み干して
私の体に火を入れる。

火は私の体をくまなく巡り
私の思考となって放出された。

入口　5月27日

朝にはこんなにも想像に
満ちた一日になるとは
思いもよらなかった。

ビル エヴァンスのピアノを懐かしい
思いで聴いていたのが良かったのか。

描きたいものの入り口が見えた。
ここからは探求の道を進むだけ。

終わりは辿り着くところまで。

心の性分　6月3日

花曇り
微風
ぬるめのネルドリップ
微かな憂鬱

物足りなさに

満たされる

寂しさは光を探す

心はそうできている

ちょっとしたお願い　6月10日

ルイ・アームストロングの

What a Wonderful worldと

La Vie en rose

を繰り返し流してね。

しばらくのあいだ。

ピンとくる　6月17日

不完全なもの。

全てが終わらない。

続いていく感じ
揺らいでいる感じ

そんな余白に空想の
力が収まると

なんだかピンとくるのだろう。

小さな白い花　6月24日

小さな白い花が
咲きました。

蜂が蜜をもらいに来ました。
風がふるふるとすり抜けました。
シジミ蝶がカップルで踊りに来ました。

やがて白い花は散りました。

あっという間の豊かな時間。

小さな白い花は散ることで
土に記憶を閉じ込めたのです。

やがて雨が降り始めました。

証の種　7月1日

そっと
そっと
そーっと

心が
想いが
過去が

自分の中に
留まるように。

歓喜も
苦悩も
空想も

私の生きた証の種。

夏の朝　　7月8日

草原に陽を迎える頃
山羊たちを清めに
たゆとう朝靄

丘の向こうの海原はもう
陽に撫でられている

朝の始まりを告げにまわる
小さな風

スコーネの草の上で

夏の宝物　7月15日

山ではもうヒグラシが
鳴いていた。

木々に吸い込まれていくような
あの美しい音色を聞くと

私は子供の頃に父と登った
夕暮れの山を思い出す。

今の私よりもずっと若かった父の
盛り上がったふくらはぎをじっと見て登る道。

迎えるように
見送るように
ヒグラシ。

いつしかそれは風の音色のように私には
聞こえていた。

頭の奥でカナカナと
つぶやく。

ヒグラシとふくらはぎ

可笑しなセットで
仕舞われている私の

夏の宝物。

加速　7月22日

ポロリ

ポツン
ポツン

ピピピ
ピピピ

ドクン
ドクン

ダダダダダダダ

ヒューン

プ！

無限大に加速し

命の上を駆け抜けていく

私の時よ。

過去から未来へ　7月29日

私達は世界を共有しています。

私達は世界を分け合っています。

私達は連鎖しています。

物も

時も

思考も

発見も

労働も

感情も

そして命も

共有し、分け合い、繋がる。

過去から未来へ

タイムスリップ　8月5日

ずっと会っていなかった友人に
旅先でばったり再会した。
離れていた時が交差して
運命が少し弾ける音がした。

あの時から
この時まで

記憶のタイムスリップ

日々のクイズ　8月12日

日々の問題を発見するのは楽しいもんだ。
その中に解決できるほんの僅かな欠片を
探し出してはつまみ出す。
足に刺さったトゲを抜くみたいに。
痛みを忘れてワクワクしてくる。
日々の時間は絡まったり衝突してできた

心の結び目やささくれを
なんとか解いたり磨きなおしていると
そこから楽しさが滲んでくる。

日々から生まれるクイズのようだ。

グニャグニャ ムキムキ　8月19日

グニャグニャの方がムキムキより
力強い気がしてきた。

頭も心も。

もっともっと柔らかくしなやかになって
流れるように思考から実像へ
向かっていきたい

形も私も。

まあるく小さく　8月26日

私の手からは小さなものがポロポロ生まれ
言葉は私達をポツリポツリと繋ぎ

日々は刻々と流れ
心の波は満ち引きを繰り返す。

時はしぶきの泡のよう。
カオスの集いは儚く消える。

私は小石のように波に転げ
まあるく小さくなっていく。

かたまり　9月2日

今、この一瞬の感情を塊にこめる。

感情は塊に留まりそこから光を放ち始めるだろう。

やがて塊はゆっくりと時を馴染ませ

あの一瞬の心を記憶の中へ

とてもゆっくり

ゆっくり

光とともに溶かしていった。

そして塊はまた心へ帰っていった。

仕事　　9月9日

おふくろの味
その響きは
どんな料理かもどんな材料かも
わからないのに美味しそうに感じます。

そんな物を
真剣に材料を探し
形を求め
工夫をして
丁寧に
愛情込めて
順を追って仕上げ
誰かのために
自分の意思を貫いて
当たり前のように働く。

それが大層なものにならないように
日々のもので在るように
しておく。

おふくろの味のように。

ノラの眼　9月16日

悲しみや寂しさが生きる
強さを生むのなら
それは喜びとなるでしょう。

うまくいかないことで新たな思考を
気づかせるなら
それも喜びとなるでしょう。

辛いか、
自由か、

お前しだいだ。

ノラ猫の眼差しの逞しさが
私にそう言いました。

一人世代交代　9月23日

私は随分、

物忘れが多くなった。
物覚えも悪くなった。
ご飯も沢山食べなくなった。
目も悪くなってきた。

そしてすぐに眠くなる。

足も遅くなった。

空想に浸るようになった。
朝食が大切になった。
夜の空白の時が楽しみになった。

肉体と精神が私の中で
世代交代しているのだろう。

それを私は歓迎したい。

何？　9月30日

何を食べた？

何処へ行った？

何を持ってる？

何を作った？

あなたは何者？

何を食べたい？

何処へ行きたい？

何が欲しい？

何を作りたい？

何になりたい？

過去への問い。

未来への問い。

大切なのは？

細胞　10月7日

私の体に住んでいる細胞たちが
私という命を生かそうとしているのではなく
それぞれの細胞たち自身の命を全うしている
結果、私は生きている。
だとすれば私も私自身を全うすれば
今、住むこの場所も自然と生かされて
いくのだろう。

雨の接点　10月14日

雨が降ります

私に降る雨
そこに降る雨

雨は選ばず
私も選ばず

空から降るだけ
私と空との接点

選ばない接点

形の旅　　10月21日

アイデアを伝えて
少し困った顔をされると
ホッとする

新しい道を一緒に探して行けるのだろうと

経験と勘と信頼をフル稼働させて
一歩ずつ進む道

地図からつくる旅のよう
険しい山を登るよう

形に辿り着く日まで

形の旅

風　10月28日

風は
雲を集め
木々を揺らし
鳥を羽ばたかせ
大地の麦を撫でた。
そして夕陽があの山に
ゆっくりと沈みゆくのを
見送る儀式が今日も済んだ。
そして
風はまた次の夕陽を迎えに行った。

ゆっくりと　　11月4日

感情と歩幅を合わせて歩く
ゆっくりと
ゆっくりと

何処かへ着かなくてもいい
ただ歩くことでささやかに実感する
自分の命が動いていることを

意識の脇腹をそっとくすぐるように
薄目を開けて

ゆっくりと
歩く

つくりかた　11月11日

技術を革新して
手を鍛える

生活を直視して
空想にふける

緻密に企て
偶然を呼び込む

限りを尽くし
社会に委ねる

信念を曲げず
自在に動く

そうやって
進歩を怠らず
経験を心に蓄え
作っていけば
良いのだと思う。

空想の実　11月18日

私の外側全てに実る
小さな空想の実を摘んで
私は口にほうばった。

やがてそれは心の芯に
根を張って
幹を伸ばし
葉をつけ
花を咲かせ
歓喜の香りと共に
その本当の姿を現すのだ。

そして新たな実をつける頃
また誰かが
その小さな空想の実の
微かな希望の香りに気づくだろう。

目と心と手　　11月25日

目は事実を知り
心は真実を探る
そのことを手に託し
空想を描く

朝が生まれる　　12月2日

明け方の少し前に起きだして
しばらく東の空を向き
ぼんやり腰掛けている。

夜明けのグラデーションが
刻々と薄みずいろに変わるのと引き換えに
時は夢から覚めて今日を刻み始めた。

陽射しは空に滲み

私は湯を沸かす

鳥が光った

朝が生まれた

冬旅　　12月9日

私はこれから
冬の似合うところへ
旅に出ます。
私は冬の凍てつく寒さが
何故だか落ち着くのです。
それはこれまでの旅の重なりが
私の心の中で冬の景色をひっそりと
待ち望んでいるからではないかと
思うのです。

紅葉　12月16日

私は紅葉が好きです。
桜の頃よりもたくさんの木々が
活躍しているような気がします。
葉を落とすのも何だかゲームを
しているのじゃないかと楽しそうです。
その後すっかり葉を落とし

静かにじっとしているのだから
それまで存分に踊りあかして
欲しいと思うのです。
そしていつまでもそこに居て欲しいと
願っています。

石拾い　12月23日

石を拾う

沈んだ陽が山から溢れて橙の空。
遠くに光を灯す鈍色の海。

いろんなことを飲み込んで。

寄り添ってくれる親愛なる友よ

うつむき

ただ石を拾う。

重くなったポケットに手を突っこんで

カチカチする。

年越しの唄　12月30日

la vie en rose

ヨイトマケの唄

yesterday once more

時代

りんご追分

we are the world

私の年越しの唄

2015

私と私　　1月1日

人生は
新しい日々の
繰り返し

昨日の未来の今日を生き
今日の記憶を明日に携え

見覚えのあるこの場所で
新しい私と私は生きる。

僕の一瞬　　1月6日

僕の命は一瞬
それでも、もがいたり
ジタバタしながら
想像の中に埋れて
わずかなアイデアを
内の内から発散する。

それが僕の一瞬
僕の人生

つけっぱなし　1月13日

心の中にはスイッチがある
それを私はもうつけっぱなしに
しておこうと思う。

命が空っぽになるまでずっと。

そうして
私の命がつくったものが
幾つかの幸せに変換されたら
命のエネルギーの
意味を感じるだろう。

石と心　　1月20日

石も宝石
宝石も石

心は石にも宝石にもなる。

静かに黙っているのもいい。
輝きを放っているのもいい。

雪になったら　　1月27日

ちぎれた紙切れのような姿になって
ヒラヒラとフーテンのように舞い降りる。
どこに行ってしまうかさえ
わからない風まかせ。
意味不明の即興踊りのように
クルリヒラリと舞いながら
誰かのおでこにヒヤッと落ちて
ビックリ顔見て
解けてしまおう。

オマジナイcoffee　　2月3日

真っさらな気持ちの朝には
ちゃんと数えて少し細かく挽いた豆を
ネルで慎重に蒸らしたcoffeeを
一番好きなカップにいれてみる。

今日の時間も丁寧に流れますように

オマジナイ
オマジナイ

ロベール・クートラス様　　2月10日

あなたの作品を目の前にして
私は私の人生があなたの後ろに
あったことを幸福に思うのです。

あなたの内から湧いてきた痕跡と追憶を
私の心に映し照らす喜びを感じています。

歩く　2月17日

私の隣を歩くあなたに映る景色は
私と違う。
私の隣を歩くあなたの想いは
私と違う。
私の隣を歩くあなたの行き先は
私と違う。

それだから私はあなたと歩く。

塩加減　2月24日

塩加減というものを少しずつわかりたい。
塩っ気ではなく
素材の味を引き出す為の塩加減。
舌で感じるのではなくて
口いっぱいに広がる満足感。
そんなことをデザインでも考えている。
心と体、全体で感じるデザインを
つくりたい。

反復と挑戦　　3月3日

繰り返し、繰り返しやってみる。

小さな発見があり次第にコツのようなものに辿り着く。

新しいことをやってみる。

頭をフル回転しながら失敗の結果を拾い集めて観察する。

反復し続けることに挑戦する。

挑戦することを反復する。

玉子焼きも。

一杯のコーヒーも。

デザインも筆さばきも。

生活と夢の中に在るものたちを。

作る人生　3月10日

毎日物を作っていると

頭の中がアイデアで一杯になる。

その分他の事はどんどんこぼれ落ち

全く不均衡な人生だ。

なのにこんなに楽しく

生きている実感が込み上げてくる。

明日も作りたい。

ずっと作りたい。

どんなに人生のバランスが崩れても

私にとって

作っていることが生きているということ。

春の散歩　3月17日

白い小さな小鳥のように
木蓮がそっと綻びはじめた夜
明日は雨降りだということを
蒸しタオルで撫でるような微風が教えてくれた。

こうして春はささやかなヒントを街に灯しながら
気ままに散歩のような素ぶりでやってくる。

私の自由　3月24日

夢から醒めた。
今朝は青空だと知る。
この瞬間、夢の中の私と
現実の私が入れ替る。
無意識の中の自由から
意識の中の自由へ
互いの自由が
私の中で支え合っている。

プレゼント　3月31日

咲き誇るその美しさは何の為か。

自らの命の為か

鳥たちの為か

蜂や蝶の為か

往き交う命の為か

それとも

美を感じる心へのプレゼントだろうか。

自由な生命　4月7日

目の前のことに夢中になって

やがて空想の世界に融けていく。

それは終わることに向かわずに終わり

美しさを求めずに美しい。

目的と結果から自由になった生命

の様に生きたい。

小さな夢　4月14日

細やかで小さな夢を
掻き集め
それを全部放棄して

絵を描く時間と
空想に交換しよう。

そしたら私は絵の中に
たくさん夢を空想し
私はずっと
絵を描いています。

はじめまして　4月21日

初めてのことは一度きり
道も人も挑戦も。
不安と迷いをもっと大切に
感じていこう。

一回しかない
「はじめまして」との
出会いの瞬間が私の中に
もっと強く刻まれるように。

初夏の日　4月28日

海の波が陽を浴びて
なんだかくすぐったそうに
しています。

波が足裏を
こすりながら戻っていくのが心地良くて
いつまでもつっ立って
その海を眺めています。

昨日までのことが心の中を
行ったり来たり。
往復書簡のように
独りごちながら。

砕けた光　　5月5日

砕けた小さな貝殻のカケラのように
日々の些細な出来事が光って見えます。

形は元には戻らない
カケラの光は
幸せとも不幸せとも違うのでしょう。

ただその事があったことと
再びそれはやって来ないこと。

私には光って見えます。
砕けた小さな出来事が。

今　　5月12日

今。

その瞬間の不思議さよ。
心は過去に浸り

未来を思い
時は混在しているのに

在るのは今だけ。

私は今の中にいて
過去の中に在る。
そして未来へ向かおうとしている。

微動　5月19日

私の中を過ぎた時間が
空想に熟成していくのを
呼吸の隙間の中に感じながら
今、この瞬間を新たな過去へと
見送っている。

それらはやがて
手から生まれる景色になって
誰かの心の微動になるだろう。

結晶　　5月26日

一瞬と永遠は繋がっている。
その道は段々と細くなり
急勾配になっている。
それでもその道を歩き続けているうちに
身体はつくられ
心は研ぎ澄まされ

糸のように細い道も
険しい岩肌も
小さな目の前の出来事のように
越えていくのだろう。
時が重なり
記憶が澄んだ結晶になるように。

イデアとイマジン　6月2日

ギューッとひっぱり出すように
そーっと両手で掬い出すように
ヒュッとつかみ取るように
すっとつまみ上げるように

頭の中で小躍りしている
イデアとイマジン

さあっ 出てこい。

無数の雨粒　6月9日

雨粒のひとつが
葉っぱの上に着地して
小さく笑った。

雨粒のひとつが
電柱にとまるツバメの頭に
カラダを丸めて
ポツンと落ちた。

雨粒のひとつが
今、できたばかりの水溜りに
何事もなかったように
ダイブした。

そうやって無数の雨粒たちは
空から地へ

生きた。

機と会う　6月16日

向うからやってくるものが
何であろうと私は迎える。

ここから去るものが
何であろうと私は見送る。

何もできなくても
全力で試みる。

容易いことでも
何度も繰り返す。

甘くみない
諦めない

機と会うこと。

触媒　　6月23日

奥底に眠っている微かな夢が
奇跡の如く生命を携え
やがてその殻を破って
光へ向う時
その責務に
狼狽えながらも

時は既に前のみに進むことをやめない。

そうして
覚悟が始動し始める。

私は夢の触媒になる。

紫陽花　6月30日

白い紫陽花が夜道の中で咲いている。
時より吹く湿った風にゆっくり頷きながら
仄白い粒子のような花弁が光った。

誘われるように
指の腹でひんやりとした肉厚の葉を撫でる。

もうじき降るだろう雨の気配を嗅ぎながら。

丘の上から　　7月7日

朝靄が草原の艶出しを終え
白夜の陽は寝る間もなく昇り始めている

丘の上からは遠くの海が
光の粒子がたゆとうように
輝いている

私は記憶を辿り
咲いているだろう薄紫色の草の群れを探す

若草色の苔を踏まないように歩きながら
湿り風を吸い込み

そして幾つかの深呼吸を終えた頃

それはいつものように地に根を張り
風と共に穂先を揺らしながらそこにいた

ここにはずっと在る

心の中で揺らしていたい
私の大切な風と景

光と色　7月14日

この世界には光がある
そこから無数の色が生まれてくる
その不思議に感動し
その意味を探究している

一対　7月21日

初めて作ったもの
そこにはその人の未来が
未完成に携えられている。
それはずっとその人の手の中でひっそりと育ち
手が沢山のものを生み出すたびに熟し
そして
いよいよ未来が今となる時
その始まりに人はまた戻る。
それは始まりの輝きに時が重なり
眩いばかりの姿になっています。
そうやって人と物は一対のものに
なるのだと思います。

それぞれ生命　7月28日

遠くにある森に咲く
小さなキノコ

水平線の向こうで
たゆとうクラゲ

ヒマラヤの風を
抱える大鷲

目の前の白紙に
空想を描く
私

今と私　　8月4日

今にある今

今にある過去

今にある未来

過ぎた時間は心の中に。

やってくる時間は頭の中に。

たった今は世界の中に。

時間も地べたも空間も

いっときも離れやしない。

有りったけの無限の中に

今がある。

今の中に私もある。

砂山　　8月11日

波打ち際に砂山をつくりました。
夢中に任せドンドン大きくなっていきました。
しばらくしてその砂山の裾野に
波が静かに染みてきて
やがてホロリ、ホロリと穴があき
とうとう砂山は崩れていきました。
大きな波にのみ込まれることなく
崩れるようにその砂山はゆっくりと
もとの砂浜に戻っていきました。
波は砂山があったことを
もう忘れたかのように
優しく砂浜を撫でていました。

心象　　8月18日

空のように風が吹き
海のように波がたち
大地のように芽吹く

心象はいつだって躍動している。

空っぽの中に
満たされる未来の生命は
そうやって生きていくんだ。

夜の隙間に　8月25日

夏の余韻はあっけなく夜風に
連れていかれてしまった。
私は心の静寂を心音のリズムで確認する。

ゆっくりとかがみ
ポツポツと降り始めた雨の音の中に
自分を潜める。

夜風と雨が土の匂いに混ざろうとした
その時、

静かに幕は降りた。

命のご飯　　9月1日

私はできないことが沢山あります。
それをいつも心の背中に背負い込んで
生きています。

その一つ一つが
私の命のご飯です。
それが無くなってしまわないように
できないことを探し、拾い集めながら
生きています。

それを毎日食べています。
多少苦いのですが
できないことには栄養がいっぱい
蓄えられている気がします。

朝雨　9月8日

雨。

窓辺に映る光のように
私の心の陰影もひっそりとじっとしている
道を過ぎる車が雨を弾く
粒子のつぶれるこすれた音が
打ち寄せる波のよう

まだ少し残っているコーヒーを
飲み干した

蜜蜂　　9月15日

蜜蜂は蜜を集める
自分達の為に

花は受粉する
蜜をあげる代わりに

そんな生き方が素敵だなと思います

自分の命を全うしながら
周りの命と共にいる

私のしたいこと
私にできること
を同時にしちゃう感じ

会いたい　9月22日

ずっと会えていない人のことを考えること

もう会えない人のことを考えること

まだ会えていない人のことを考えること

会ってみたい人のことを考えること

時に会うことより親密な想い

心と命　9月29日

私の体は命を入れておく箱です。

本当の命は心です。

体が不自由になっても心が不自由にならないのは

そうゆうわけなんだと思います。

いつも揺れ動いている

自由なもの

その心が私の命です。

鳴いている　10月6日

鈴虫かな？

コオロギだよ！

舟を漕ぐ　10月13日

私の眼前には切り開かれた川面の跡が
夕陽を受けて眩く踊っている。
それは微かに放物線を描きながら広がっていき
やがて元の水面へと還っていく。

過ぎた時間を心に刻み
先へ進もう

舟を漕ぐように

夜明け　10月20日

ネーブル色の朝の陽が
インディゴの夜の空を
ゆっくりと侵食し始める。

一羽のカラスが小躍りしながら
今朝の誕生を喜んでいる。

夢の微かな記憶は
新しい一日への希望へと
変換された。

夜空に光を放った満月は
空のてっぺんに届く頃
燃え尽きた灰のように
白く儚かった。

秋の陽光　10月27日

冬が到来する前の
樹々に注ぐ陽光に
慰められたような
気がした散歩道。

雨の匂い　11月3日

冬の雨の匂いは
北欧の匂いがする。
ヘルシンキの港から
残り物のパンを一袋買って
オリンピックスタジアムの
ユースホステルへ歩く道
雨で滲むネオンが浮かぶ場末のバーで
ピンボールをする革ジャンの男達
今夜もドミトリーには新しい旅人がいるのだろう。
共同キッチンでチューブに入った
タラコペーストをパンに塗り
青インクのボールペンで絵日記を書いている。

ロバニエミにはいつ行こうか
ユーレイルパスとトーマスクック。
旅なのか彷徨っているのか
外の雨が孤独に気づかせる。
その匂いに似ているんだ
今日の雨が。

あれから30年が経とうとしている。

続いた理由　11月10日

学校で絵をほめられた
こともなかったし
旅ばかりして留年しました。
それなのに今でもこうやって
図案を描き、ものをつくることを
ずっと続けています。
それは私がひとりではなく
たくさんの仲間がいてくれた
からだと思っています。

めぐる　　11月17日

記憶からアイデアは生まれ

アイデアから形は生まれ

形から暮らしは生まれ

暮らしから記憶が生まれる。

裸足と瞳　　11月24日

異国の地の懐っこい瞳が

笑みを携え寄り添って

出会いの中に

ひとときの輝きを瞬いている。

もうしばらく私の日々には

見当たらなくなってしまった。

煤けた裸足と輝く瞳

ここにある情景が追憶と郷愁の中で

私を包む。

冬の記憶　　12月1日

街灯と冬の匂いは
幼い頃の記憶に私を舞い戻す。
あかぎれのひび割れの隙間に
舌で唾を塗って乾いた血を舐めてやる。
すると今度はジンジンと手のひらが脈打って
痛痒さでお腹の辺りがモゾモゾしてくる。
家に着くなり乾いて白くなった手をお湯につっこむ。
あの浸みてくる痛みは今でもはっきりよみがえる。
こんな記憶に何の意味があるのだろう。
父が買った工業地帯の小さな家。
黄色のインコは
お湯でふやけた餌を
ついばんでいた。
冬になるとなぜだか
思い出す。

始終　12月8日

始まりと終わりの間には
無数の光と影が満ちている。
どこに向かっているのか
あとどのくらい残っているのかさえわからない。
無限に広がる“時”の球体
不安と希望に火を灯し
倒れこむまで突っぱしれ!
そう簡単には終わりゃしない。
諦めと限界をぶっちぎれ!

生まれてくる　12月15日

光、空、海、地
心、身、時、思

ここから生まれてくる
宙とつながっているから

花　　12月22日

狼だって花が好き

蝿だって花が好き

蝶だって花が好き

蜂だって花が好き

花はみんなを好きなのだろう

199

そんな日　　12月29日

遠くへ

遠くへ

ただ遠くへ

行きたくなる日。

2016

じっと　1月1日

じっとしていよう
向こうのほうから
馬がやってくる。

日和　1月5日

小さなかよわい草が
石のすき間から
生えている。
その傍らに
傷だらけのノラ猫が
日向ぼっこしている。

光おくり　1月12日

地平に隠れた太陽が
我の光を月に預けた。

月は光を
夜の海へ
そっと返した。

波に光の道が生まれ

あなたの方へ
わたしの方へ

続いています。

丸ぁるい未来　1月19日

未来に続く道はない
道をつくるところから
未来は始まっているから

ずっと先の未来は見えない
きっと未来は丸ぁるいのだろう

協奏曲　1月26日

陽の光と昨晩の雪が
出会って光っている。

ツララからは雫が
少しの間をあけ落ちている。

風は木々の枝を
震わせ微かに鳴いている。

鳥たちは互いに間を取り
ハミングしている。

朝のはじまる
生命の協奏曲

出来ない探し　2月2日

出来るということの
喜びは何にも代え難く
忘れられない。
だから つい
出来ないことを探し始める。

出来そうもないことであれば
そのことを想うだけでうれしくなる。

私は生きてるあいだ
出来ないことを探していたい。

朝の試み　2月9日

トマトを薄くスライスしてみたり
コーヒー豆を二段階に挽いてみたり
お香を二種類焚いてみたり
知らなかった音楽を聴いてみたり

朝の小さな試みが
想像の出発点になって
いつかデザインの種になっている。

冬の風と春の陽射しを7：3で
ブレンドしたような今朝に想う。

居場所　　2月16日

そこは無重力
無限の空間
影も日向も
空も地も
意識も虚無も

空想の森へ

私は絵を描く
心の居場所で

アイデア　2月23日

アイデアは

時が積み重なり

記憶が繋がり

私の生まれる前から

[illegible]け継いだ

宇宙の欠片のようなものから

生まれてくる

ある日　3月1日

ある日

目が見えなくなったり

手が動かなくなった時に

私は無限の空想を得るのだろう。

目を閉じて

ペンを置いて

呼吸して

心に潜る

プルッと小さく震えた。
それは微かだったが
枝を伝い、今咲かんとする
蕾たちを目覚めさせた。

私と時　　3月29日

個体の中には時は留まらない。
やって来ては過ぎていく。

それは風のようでもあり

光のようでもあり

香りのようでもある

その形ではない変遷自在の
私の時を過ぎ去るまでの儚い夢を
噛みしめながら育んでいきたい。

雨桜　　4月5日

桜が満開の夕暮れに
冷たい雨が降りました。
さて花たちはどんな心持ちなのだろうか。
せっかく準備した一張羅の花びらが
冷たい雨に叩かれてどんな事を思うのだろう。

ふと見上げた花たちは
街頭に照らされ風に揺れながら
踊っていた。

可憐なものに秘めたる強さ
それを私達は美しいと思っていたんだな。

滑降しよう　4月12日

与えられているのか
選んでいるのか
やって来るのか
向かっているのか
いつ始まるのか
いつ終わるのか

超スクランブル交差点
無数の意思と
無限の可能性
と
有限の生命

そろそろ試練も楽しめるようになってきた。

滑降しよう！
遠くを見つめて。

好きな歌　　　4月19日

昔に戻りたい時

一摘みの花のように
記憶を咲かせたい時

何かに飛び込んでいく時

好きな歌を歌えばいい

涙や安堵と一緒に
歌えばいい

不可思議　　　4月26日

どうして私たちには
心が必要だったのだろう。
なぜ宇宙の物質の一つにすぎない
私たちに心というものが備わったのだろう

ということをふと思う。

この気持ちだってどこから生まれてきたのだろう。

この私の身体のある間、心はいつも在るのだろうか。

これほど不可思議な宇宙の中に私も

浸っていられることが訳も無くうれしい。

隙間　5月3日

限りなく不可能に近いことも

全く不可能にはなり得ない

それは可能性が完全になり得ないのと

同じくらいに

隙間はある

どちらにも

彼方へ　5月10日

くるくる回る
くりくり捻る
くつくつ笑う

海の果て
山の頂き
あらゆる彼方

心という命

北の空　5月17日

未来のことには無頓着のような眼差しで
父は桜がきれいだと言う。

北の空の下に住み
遠くを眺め

想い出しているのか
この時の中に浸っているのか

私は父に連れられて山道を歩いて
いた光景をなぜだかいつも想い出す。

蝶の眠　5月24日

悩みに答えが出ない時
無知である自分を信じること

そして手の届くほんの僅かな光をすくい取ること

そのひと滴の光を飲み干した時
悩みは生きる意味へと姿を変えるだろう

サナギの中で蝶が眠っている

バネ　5月31日

深く沈んで 高く飛ぶ
そんなバネのような
心が欲しい

硬くてなかなか沈まない
とっても高く跳べる
心が欲しい

私の影　6月7日

曇り空の日
私の影はいなくなる

陽の当たる誰かの足元へ
うまいことくっついて
散歩のお伴をしているのだろう

振り子　　6月14日

私に与えられるもの
私から失われるもの
どちらも私を創っている

その相反するものが
時を刻み
心を灯す

振り子のように

サルディニアの午睡　　6月21日

ブーゲンビリアをつっついて
小さく囀る　おまえの声が
地中海のエメラルド深く潜る
大きなpolpoに聞こえたらしい
空に昇った蒸気は雲友に噂する
そしてポツリと雨を呟いた
オリーブの木はそれを
葉をふりふりして喜んだ。

日々の実　6月28日

日々を耕し
日々に種蒔き
日々に水やり
日々の葉を撫で
やがて
日々は実となる

それをそっと手に摘み
その甘美を
友と分かち合いたい

みんなの可能性ちゃん　7月5日

あの子は隠れている
見えないところでじっとしている

思いもかけないところに
見慣れたものの姿に扮して
当たりまえの日々に
あらゆるところに
溶けこんでいる

見つけたければ
瞼を閉じて心の眼を見開いてごらん

そしたら
スーと姿を浮かび上がらせるだろう
みんなの可能性ちゃん

呼ぶ　7月12日

君の名を呼ぶ
遠くの山に

君の名を呼ぶ
海の向こうに

私の心に住む君の
宇宙の果てにいる君の

もういなくなった君の名を

私はずっと呼んでいる

友と月　7月19日

友と
月を眺める
上を向き
やがて寝ころび

過去と未来を往き来して
語らい尽きぬ

満月に及ばぬ
その不完全なマドカこそ
これから迎える生命の灯りなのだ

夏の日　7月26日

朝のウグイス
夕暮れのヒグラシ
夜のホタル

生命の在りかが
ところどころで
輝いている

それらは満点の星となり
生命の讃歌を合唱するのだ

さあまた明日が来る
私は夢の中へ潜る

午睡のピクピク　8月2日

午睡の猫よ

風の唄と葉擦れの囁き

木漏れ日のダンス

小鳥の囀り

みんな夢の中で

お前と戯れているのだろう

前足がピクピクしているぞ！

金継　8月9日

MONKEY47ソーダ割り

サンマと大葉と山椒のリングイネ

ミョウガの味噌汁

カエターノ・ヴェローゾ

ノラ・ジョーンズ

夏の夜に

心の金継した

本日の私
これにて閉店

不完全な全て　8月16日

満たされなくても良いように
欠けていたって良いように
届かなくても良いように
道半ばでも良いように

全てを出して
終わりたい。

日々の響き　8月23日

日々の響きが
協奏し始め
やがて
手から一本の線となり
空想世界で鳴り響く

じっとして　8月30日

心が伝わらない時は
じっとしていよう。
無理をしても伝わらない。
いったんそこから離れて
深呼吸しよう。

いつか伝わりますように
願いながら。

できること　9月6日

絵を描こう
それが私にできることだから

言葉を綴ろう
それが私に出来ることだから

今日も生きよう
それが私にできることだから

一対　9月13日

手が心のままになるように
手は心の声を聞き

心は手に委ねられるように
心は手をいたわる

心と手は一対だ

命に宿る　9月20日

小さな虫たちの短い命の中で
一生懸命働く姿を見ていると
宿命の中に労働があるのだろうと思う。
そんな彼らの生き方を心の底から尊敬する。

石積み　9月27日

小さな石ころの様な日々を
そっと積み上げてはみたものの
それらは小さな乱れにバランスを崩して
地面に散らばってしまった

その石ころを横一列に並べてみる

崩れない
でもつまらない

また積み始めよう

私と私と　10月4日

怖い夢から目覚めた途端
とってもいいアイデアがひらめいた

寝ている間の私の中で
何が起こっているのだろう

夢の中の私の人生も波乱に
満ちているのだろうか

お互い様の私と私

小さな鏡　10月12日

森の中にあるだろう
夢の中にあるだろう
心の奥底にあるだろう

自分を映す小さな鏡

探す　　10月18日

何も無いところから生まれるものは
無垢で無限の力を秘めている。

だから

何も無いところに在るものを
探さなくてはいけない。

次へ　　10月25日

混沌としていても
矛盾していても
壊れていても

じっと見つめる

それらは動いている

次の景色へ

見逃してはいけない

そこから踏み出す意味がある

終わりました　11月1日

肌寒い夜風が
義務を終えた帰り道に
心地良い

ヘッドライトとネオンの
灯りを浴びながら

「終わりました」
と独り言ちた

守破離　11月8日

守破離とは
伝統や既成概念や基本に対する
技と意思の段階的な心持ちだと
思っていたけれど
今は守り、破り、離れるを同時に
してみたい気持ちになっている。

その交点に何が生まれるのか
心と手と共に歩んでみたい。

循環　　11月15日

生命を過ぎていった時間は
記憶に変換され
私の新たな生命の手がかりとなる

記憶は空想の粒子となり
自在な自我へ

私の中で循環している

AIR MAIL　　11月22日

旅の終わりのAIR MAIL
想いを記したその紙片が
海を渡り 大陸を舞い
私の後を追いかけてくる
旅の余韻を香らせて

ふたつの命　11月29日

私たちの命の中には
個体の命と
継がれる命がある

この肉体は個体の命
この心は継がれる命

肉体は花のように咲き
やがて散る
心は実のように殻に新たな命を
そっと宿す

花は蝶を呼び
実は鳥を呼ぶ

一本の木の中で

空と満　12月6日

空っぽになった時
焦るんじゃない

満たされた時
奢るんじゃない

空っぽの中には
可能性が無限だし

満たされた中には
愚も沢山ある

備わっている　12月13日

木が葉を落とし
葉は土を肥やす
枝をすり抜けた陽が
生きものたちを暖めている

やがて

肥えた土は根に養分を与え
葉は生いしげり実を蓄える
鳥達は実を頂き
種を運ぶ

巡っていく
与え合いながら

生命の限り繰り返す

やさしさが生命の中に
備わっているのだろう

持ち物　12月20日

不安

怖気

諦め

儚く

脆く

壊れやすい

そんな心も

生命の持ち物

時々、

使うと

ほっとする

ほっとく　　12月27日

こんなに
からまってしまっては
もうほどけないかもしれない

とこうとすればもっと
からまってしまう

いい方法がみつかるまでは
ほっておこう

いつのまにか
ほどけてることも
あるだろう

いつのまにか
からまったんだから

2017

あっ　1月1日

あっ

気づいた時には数千日が過ぎていた
昨日のように頭の中に居座りついている
あの日の私

また数千日が経った時
会ってみよう
この日の私に

沢山のことをしたような
何にもしていないような

これから それから　　1月3日

新しい想いを携えて
辿った道を振り返る

遠い記憶と郷愁背負って
新たな道を歩みゆく

始まるこれから
続きのそれから

空の棲家　　1月10日

月満ちるとき
星ほのかに

月欠けるとき
星またたく

陽を待ちながら

雪　1月17日

紙吹雪のような薄っぺらいタイプの
雪になってみたい

何度か風に吹き飛ばされて
少し小さくなりながら
木のてっぺんの小枝に
毛糸玉みたく積もったとこに
落っこちたい

朝日が昇る瞬間見た後は
すぐに解けてもいい

拝啓　1月24日

私に生きる機会を
与えてくれた親へ

何も与える素振りもなく
私という生を与えてくれた親へ

私から生まれたと思っていたものも
あなたから生まれた私から生まれて
いたのですね

押しつけられなかった
無償の愛に気づくのも
ずいぶん遅かったです

私の中　1月31日

絵を描いている時
私は私の中にいる
そこには
沢山の景色が
沢山の感情と
沢山の時間の中で
浮かんでいる
私の外にある世界より
ずいぶん広い
怖いほど広い

使命と感謝　　2月7日

日々のものづくりが
私を満たすことに
あらためて感謝している
この日々がなかったら
私というものが
どこへ向かったのか
今では想像もつかない
大切な人も大切な場所も
私はものづくりの縁から
もらっている
私がものをつくることは
そうしたものへの感謝だ
生命の意味と意思とは
そのような使命と感謝の
循環でできているのかもしれない

やり終えて　2月14日

与えられたことをやり終えた
乗り越えられるかわからなかった
無茶なことだと思って始めたことが
いつしか愛おしいものになっていた
日々の中で私は少しづつ鍛えられたのだろう
この機会がなぜ今の私に与えられたのだろう
わからないから
いっそのこと
もう一度顎引いて
ギアチェンジして
足がもつれて
倒れるまで
生命枯れるまで
私を試してみよう

今は　2月21日

夢は遥か遠くに
喜びはすぐそばに
希望を持ち続け
失望は記憶の彼方に
挑戦は無限に
使命を背負い
常識を脱ぎ捨て
身体を大切に
命に執着せず
生きたいが

今は
困惑と歓喜の振り子に揺られて
生きています

春一番　　2月28日

春一番が強風であるというのは
春らしくないように思っていたけれど

春のような人も嵐のような
心を持っている

鳩　　3月7日

なぜ
あの鳩は歩いているのか
翼があるのに

なぜあの人は歩かないのか
足があるのに

急がない鳩
急ぐ人

ギフト　3月14日

長くしていることから
ふっと湧いてくることがある
ずっと考えていたことではなくて
全く新しい考え
全く新しいことは過去の積み重ねから
やってくる
そのアイデアはサプライズギフトのようだ

桜　3月21日

一番に咲く花は心細いだろう
みんなと咲く花は心躍るだろう
最後に咲く花は眩しいだろう

一番に散る花は心細いだろう
みんなで散る花は心躍るだろう
最後に散る花は安堵するだろう

私は幹の変なところに

チョボッと咲いてみたい

好きな道　3月28日

細くて登り坂で曲がりくねった足もとの

悪い道が好きです

そこは静かで自分の歩速で歩けます

考えや空想にふけることもできます

それでいつまでも歩いていられるのです

George WinstonのRoadの旋律のように

毎日一日　　4月4日

日々のつれづれ
句読点打ち
ドキュメンタリー

ハラハラ
ヒラヒラ
舞い落ちる

はじまりはおわり
つづきはつづく

遠くへ行こうどこまでも
近くにいようい つまでも

コロコロ心　　4月11日

心のココは

どこに行く

届かぬ夢は

夢のまま

ひつじの道は

まだ知れず

olive畑で

I love you.

限りの先　4月18日

積み重ねて
積み重ねて
愚直に
愚直に
手を動かして

そこから
生まれる
精緻なものを
何度も見つめて

疑いと愛情の
目と手で眺めて

辿り着くような
ものづくりを

限りを越えて
していきたい

根　4月25日

その小さな花の美しさは
土の中でひっそりと
命を汲んでいる
根によって
生まれた

花はその根を
愛おしく
想って
いる

手の旅　　5月2日

手が見ている景色には
土の丘があり
布の海があり
糸の風がふいている

指先に残る起伏と熱を海馬に刻み
その記憶と閃きから生まれる
未知なる姿へ
そこに向う
手の旅へ

ないとき　　5月9日

何も思いつかない時
何も思いつかないと言う

何もできない時
何もできないと言う

言いたくない時
黙っている

沈黙も意思だ
空虚も我だ

一回　　5月16日

やるべきこと
やりたいこと
できること

可能性は無限
命は有限

限りの中の無限
という
時を持つ
一回の
人生

レシピの唄　　5月23日

朝のお粥

昆布出汁の中に
レンコン擦って
ご飯をゆっくり
とろとろになるまで
弱火で溶いて
お味噌をひと匙
溶き混ぜて
針生姜と
木の芽を添えて
できあがり

未来　　5月30日

未来は
過去の記憶が分子になって
現在という薄い皮膜の袋の中で
飛びまわっている

不確かな生命の動力エナジー

希望と不安の

回生エナジー

いる　いない　　6月6日

私がいるとできること

いなくなっても続くこと

私がいるとできないこと

いなくなったら終わること

について考えてみる

足　　6月13日

足るを知る

足らぬを知る

何も無い　　6月20日

夢も希望も
何も無い
時も形も
何も無い

空っぽの正体
それは予感だった
何も無いから
生まれる
何か

デコボコ　　6月27日

凸凹凸凹凸凹
凸凹凸凹凸凹
凸凹凸凹凸凹
凸凹凸凹凸凹

私の生きた
半世紀

ひとりなら　7月4日

どこへ歩き向かっても良い
この足は私の足なのだ

語らなくても良い
それは私の口なのだ

何を思っても良い
それは私の意思なのだ

もし私がひとりならば

ひとりの続き　7月11日

ひとり旅した土地に
ふらっと来てみた

ひとりではなかった

喚び起こされる記憶の中にあの頃の
驚きも歓喜も不安も
あの時のまま
ずっと私の中にいた
その記憶との再会の旅

あの頃
何も知らなかったその土地に
今は友がいる

探求の旅の続きは
繋がったまま
終わっていなかった

その事を息子のような年の
あの頃の私に伝えたい

心響　　7月18日

さざめく草
弧を描く山肌
溶岩に住まう苔
漂雲から射す陽光
湖面のきらめき
草原に佇む馬
谷を這う川

在るがまま
飾ることも
作ることも
無いままに

時と
事象と
生命の
重なり

ミルフィーユ　　7月25日

湖水に漂う水鳥を目で追いかけながら
シナモンロールをぱくついて
聴き慣れないフォークソング
に妙な懐かしさを感じながら
コーヒーを半無意識の中で流しこむ

30年という年月は私を変えなかった
ミルフィーユのような時の重なりを
サクサク音をたてて
心に頬張る

たった今　　8月1日

頭の中の時間がスルスルと伸びていく
景色はややスローモーションに移動している
一瞬という中に随分と長い時間居るような
そんな気分の中で
明日はいつ来るのか
今日はいつ終わるのか

過ぎ去る時だけが遥か彼方のように
おぼろげになり
なにやら無限に伸びていくようだ

私は
たった今の中に
いつまでも
佇んでいる

夏の風　8月8日

白樺の葉が
風に踊り
木洩れ陽を
揺らしている

静けさは
小さく破れた

童が沈黙を
微笑むように

8月15日　　8月15日

一瞬で命を奪い
暮らしを壊し
永遠に後悔する
戦争をしてはいけないと
世界に私達は伝えられる

そのことだけが戦争から
得られたものだ

一日一歩　　8月22日

目に見えるところには
あっという間に着いてしまうだろう

私はなるべく遠くの見えない
ところを在ると信じて歩いていたい

見つかるまで歩いていたい

一日一歩

自在空想　8月29日

その空想は
伸び縮みしながら
ずんずん高速で遠ざかって
振り返ると足元にしゃがんでいた。

その空想は
暗闇の中へ潜れば潜るほど
輝きを増し
はしゃぎ
踊り

映った。

夏が過ぎ　9月5日

北へ向かう在来線
車窓に映る稲穂が
瞼を過ぎてゆく
私は井上陽水の少年時代を聴いている

父をゆっくり回想している

厳しい父の記憶は薄れ
弱い父がいた
一度だけ泣いていた日
悔しいと泣いていた日
うまく味方になる言葉が
見つからないままに
寝たふりしながら聞いていた
僕の少年時代

こんがらがっちゃん　9月12日

ひとつのことから

良くもなる
悪くもなる

すぐ終わる
ずっと終わらない

喜ばれる
嫌われる

たったひとつのことから
放射状に広がる事象

こんがらがったら
戻りましょう。

何を　　9月19日

足りていることの有り難さに
何を足すか

変わらない日々の幸せの
何を変えるか

生きていることの中に
何を生かすか

白の美しさの上に
何を描くのか

すっぽり　　9月26日

闇夜をまとった野良猫は
青白い街灯の下
ようやく
今夜のまんまに
ありついた。

もうすっかり黒目ばかりの
お前の眼差しが
かろうじて生きる寂しさを
すっぽり隠したまま

ニャアって
睨んだ。

あてもなく　10月3日

さぁさぁ行こう
届きそうもないところへ

やぁやぁ行こう
できそうもない事を見つけに

夢や希望が重いなら
置いてこう

何もないまま
気の向くまま

手ぶらで
ダッシュ！

時々あること　10月10日

携帯電話が手からスルッと
滑り落ちて路地の側溝に
スっと落ちていった
覗くと謎の物体のように暗闇で
光っている。

こんな偶然のアンラッキーが
どんな偶然のラッキーと
交換されるのだろうか

明日からしばらく出張だ

音信不通
温心普通

脱皮　10月17日

私は毎日
姿は同じまま
違う私に
脱皮している

私の細かな生命の

幾つかは死に
幾つかが生まれ
その生き死にが
私を私として
生かしている

そうやって
新しい私と
過去の私はすり替わり
時に、同居している

郷愁おつまみ　10月24日

父とうまく話せない夜
棚からそっと黒いダルマを拝借して
製氷機の雑な白い氷をひと掴み
ラヂカセでTOTOの“Africa”をかけてみる
窓の桟にお尻半分腰掛けて
月は三日月より少し太った頃
隣の姉の部屋からはユーミンの“ひこうき雲”
が漏れ聴こえている
飲み終えるまでにもう一曲
Grace Jonesの“La Vie En Rose”を聴こう

そんな懐かしさを少し空想で膨らませて
今夜はウイスキーを飲んでいる

夢　10月31日

“夢で逢いましょう”

怖い夢を見た

逢わなくて良かった

か？　11月7日

あと少ししか時はなく

あと少し夢がある

届くかどうかは

わからんが

ギリギリ

セーフ

か？

幻の壁　11月14日

もうやめたと思う時
もうできたと思う時
もう十分だと思う時

本当は無い壁がそびえ立つ
完璧という幻が

ずっと高いところ　11月21日

期待されても
その期待に応えてはいけない

期待は既に見えている可能なものに過ぎない

まだ見えない可能性に挑み
辿り着かなければ
真の期待を裏切ることになる

可能性は空よりずっと高いところに
無数に瞬いている

名づけ　　11月28日

鉢植えの木が枯れてしまった後に
何だか元気な雑草が生えてきた
この新しい生命は私にとって
予期せぬものだけれど
この生命の中には必然があるのだろう
名前をつけて育ててみるか

私は私を　　12月5日

わかったようなことを言ったり
書いたりしていると
私自身がわからなくなる
そんなに知ってはいないし
そんなにできない私が
わかったようにすると
私は私を見失う

有難きこと　12月12日

ものづくりを共にしてきた皆様へ

人生の高揚する想いを皆様と
歩んでいることに心から幸福を感じています。
喜びと苦悩は両輪で動力となり
一緒にここまで来れました。
あと一息、あと一息と思いながら
終わることなんて思うつもりも無い
湧き上る熱量のある限り。
尽くし抜いて気づいたら終わっていたという
あっけない結末を迎える日まで、
心を燃やしていける日々。
有難いとはこのことだと独りごちて
孤独の領分へ戻っていく。

願い事　　　12月19日

私のこの小さな願い事が
今夜の夢の中で叶いますように

脳裏でじっと待っている
この願い事がある日
偶然の出来事として
現れないかと

あの日のように

飛べそうもない
弱ったあの鳥の
ついばむ果実が
甘く熟してますように

明日の朝
あの野の草の
霜が朝陽に照らされて
静かに土に還り眠れますように

あの山に初雪が降り
冬の静けさが重くなる時

私の夢は深い森へ
入って行こうとするのです。

森の静けさは願い事を
耳を澄ませて聞いています。

朝の連鎖　12月26日

木々が寒風に吹かれ
木洩れ陽が揺れた
光は踊り
猫戯れる
朝の連鎖

ジムノペディ
の中で

2018

描くこと　1月2日

今日も
描いている
その溢れる喜びが
何処から、何故、湧いてくるのか
今のところ私にはわからない
現実からの解放に喜んでいるのか
空想というものが喜びを伴うものなのか
いずれにせよ私はこの喜びに引き寄せられ
るように絵を描き続ける
この喜びの起因するところが
何なのか解らずじまいでも
私は気に留めることなく
描き続けているだろう

うれしいのだから

知る　1月9日

知ることは考えることから生まれる

考えることは感じることから生まれる

感じることは生きることから生まれる

そこから生まれていないと心の中で

育ってくれない

できること、できないこと　1月16日

できないことが山ほどある
できることは限られている
でも人生はできることに
夢中になっていれば
あっという間に過ぎていくのは
もう知っている

できることは好きなことに
なるのも知っている
できないことは憧れながら
近づいていく

短い旅　1月23日

旅を終えた雪が枝に留まって休んでいる
椋鳥がいたずらに枝葉を揺らし
雪たちを散らしている
雪ひとひらが朝陽に
キラッと光って
すーっと消えた
もう空は
青かった

朝と静　1月30日

無心とは
心しか無い
ということなのかな

うっすら凍る水面に
雪が積もるのを
見ています

花と雪　2月6日

雪 降り
積もる
そこに
咲く梅の
ひとひら
なんだか
たくましい

雪は花を

羨望の想いで

見送って

地に降り

やがて

次の輪廻の

夢を見て

消えた

Landscape　2月13日

未来は球体

自在の流転

過去は霧

実存のかすみ

今は光

生命の所在

生命の景色

雪んこ　2月20日

ある冬
薄灰色に
染まった親雲から
ひとひらの雪んこが
生まれた

雪んこは風と戯れ
ヒラヒラ笑った

笑い転げたまんま
間もなく雪んこは
地に着いた

雪んこは
しんっ、と解け
やがて

土となり
根となり
芽となり

葉となり
小さな花
となって

ようやく散った

暖かな春の風に
抱きしめられながら
ヒラヒラ踊って
何処かへ行ってしまった

自分　2月27日

私がやりたくてしていることの代わりを
ロボットがしてくれるようになるという
便利で効率が良いらしい

さて、どうしよう

私は
自動より
自ら動くのが
好きだから

自分の“分”を大切にしたい

向かうとき　3月6日

失敗が怖い人は
前には進まない

ブレーキとアクセルを
同時に踏んでしまうから

成功ばかり望む人は
辿り着かない

成功は目的地ではないから

有限と無限　3月13日

私の有限の生命を
無限の生命に変えておきたい

言葉や
絵や
形や
記憶に

それをする為の
日々

桜と風　　3月20日

桜はいつもより早くひらいた
桜の気持ちが急いたのではない
風が待ち遠しくて
桜を起こした

うれしかった
待ちわびる者がいることが

桜はいつもより早く散った
うれしくて戯れすぎたから

散った花びらは
あっけにとられて
あんぐり飛んでいった

不自由　　3月27日

ひとつの不自由が与えられると
不思議とそれを補う新しい道に気づく

新しい道には新しい思考と
新たな創造を重ねる喜びが詰まっている

そうしているうちに
私の枝葉は広がり
やがて花が咲くだろう

不自由とは
サプライズプレゼントのようだ

ウチソトの回生　4月3日

私の外側にある事象を
私の内側の心が受け止めている

時空と心象の間にある
無数の交点を我の人生と
記憶して生きる動力に
回生しているのだ

咲く、散る　4月10日

一番先に咲く花は
勇気のある花

一番最後に散る花は
我慢強い花

意外と同じ花だったりして

逆境　4月17日

逆境とは何とドラマチック
今までの自分を全員集合させて
円陣組んで取り掛ろう
自分の限界見に行こう
きっと思い出し笑いするくらい
のヘマをして
小さな自分に気づかせてくれるだろう

そらっ

逆境の地へ

さぁ行こう

始まる　4月24日

足りないことで
満たされる喜びを知る

失うことで
得ることに感謝する

乱れることで
和の平穏に気づく

終わることで
始まる

布の旅　5月1日

景色のある布でつくりたい
日常が旅のひとときに変わるような

身に纏えば
心も空想世界に満たされるような服

これからつくり続けるものは
そんなものでありたい

創造は旅のようなものだから

記憶箱　5月8日

雨の匂いが残る朝に
桃を食べた

口に甘い香りが広がった途端
小学校へ向かう途中の踏切を待ちながら

桃の種をいつまでも舐めている
小さな自分が浮かんできた
頬っぺたを行ったり来たりしていた
あの大きな種の感触と雨の匂いは
私の中の同じ記憶箱に
しまわれていたらしい

可能性の入り口　　5月15日

危険を予測しやめてしまうことで
無限の可能性は消滅する

危険を予測しないことで
無限の可能性を見失う

予測して承知して
進まなければ無限の可能性
の中には入っていけないのだろう

初夏の朝は　5月22日

芍薬の白い花びらが
幾重にも踊り
その奥の奥がほんのりと
赤みを滲ませていることが
夏を帯びた朝の陽射しと
まだ少し春の余韻を含んだ
ひんやり風に似合っているなと思った

コーヒーはぬるめに落とそう
ヨーグルトとブンタンと目玉焼き

朝は夜とそうやって別れを告げた
山鳩がそれを見送っている

そのことを想う　5月29日

私の歩みのひとつひとつは
私の心に空想の灯火として残り
それはやがて消えていく

私の手から

生まれたものは

誰かの暮らしに残り

私より長く佇むかもしれない

そのことを想うことは

私の幸福に繋がっている

朝に　6月5日

欠伸

風澄まし

親燕の旋回

木洩れ陽の踊り

猫の寝返り

夢の欠片

香の煙

珈琲

と

遠くのあなたへ　　6月12日

あなたが今
遠い遠いところに
咲いているのなら
私が辿り着くまえにきっと
あなたは萎れてしまうでしょう
それでもそちらへ向います

萎れたあなたが
どんな喜びと共に咲いたのか
私はきっとわかるでしょう
花弁の微かな湿気を
撫でながら少しの間
お話ししましょう

そうして私は
帰ります

夜のひとコマ　　6月19日

小さな猫がミーっと鳴いて
私のふくらはぎを撫でるころ
風は月に雲をかぶせ寝かしつけている
それぞれの生命はそっぽ向いて微笑んで

時に浮かび流れる無数の尊き者たち
街路灯は星を隠し青黒いアスファルト
群がる虫達の賑やかな宴もたけなわ

ここにある無数の尊さ
過酷な美しさよ
生きてる証

絵の旅　6月26日

絵を描くとき
私は潜る
心の中に

そこに私は浮遊して
眼は心と同期する

意識に少し偶然の余白を
空けながら空想の旅は
始まっていく

友の夢　7月3日

昨晩、友は夢を語った
夢の大きさは試練と困難を
友に贈った

その試練と困難は友の心の足

となって目的に向って
歩みを進めるはずだ

大きな夢の泉は友の足元に
きっと湧いてくるだろう
そのひと雫が友の手を濡らすまで
友は弛まず掘りつづける

3行の手紙　7月10日

小さな封筒に3行の手紙

何年も心につかえていた塊は
その短い言葉の温もりに溶かされていった

何ものにも変えられないものを
見えないままに、私は失くしていたと思っていた
私の心が見失っていただけだったんだ

いつまでも　7月17日

うたた寝を夜風に起こされて
喉の痛みに気づく頃、蝋燭は燃え尽き
外の樹は縦に大きく頷いていた
もうすぐ明ける新しい一日のすぐ傍で
床で膝を擦りながら寝ぼけ眼で
あと僅かな微睡に潜ろうとしています
そんなことを半世紀生きた今も
している私です

小さな北の島　7月24日

草をはむ三頭の馬
風になびく黄金色の麦畑
陽の沈まないペールトーンの海
窓の中の団欒
森へ入る野鳩
丸い屋根の教会

小さな北の島
17000歩の中にあった景色

宿までの道すがら

静かな暮らしの走馬灯

種ひとつ　　7月31日

気づけば

歩いてきた道が

ちょっとづつ

脇へ逸れていく

私に染みついた

癖や習性が手引きして

見慣れぬ景色へ連れていく

願わくば

辿りつく先に小さな花が

咲いていますように

咲いてなければ

種ひとつ

最後に土に潜らせたい

麓の夏に　8月7日

蟬は鈴の音鳴らし
鶯はリコーダーを吹いている
燕は山の麓、空高く滑空し
合歓の花は光を桃色に透過した

空と山肌が淡いグレーに乳化しはじめる
そんな八月の
あの日の
前の日の
夕暮れに

僕らは出会った

必然とは偶然が孵化したものか

夏の遊び　8月14日

目を閉じて見えるもの
静かに眺めながら
耳に聞こえる微かな律動
拾い集める

小さな囁きも
遠くの風も
ひとつになって
やがて消えていった

夏の朝の陽の粒子と遊ぶ

朝の始まり　8月21日

ズッキーニを薄く薄くスライス（0.5ミリ目指して）

黄色いガラスに敷き詰めて

辛めのオリーブ油に檸檬を搾って

Maldonの塩を少々のドレッシング

パルミジャーノをたっぷりふりかけて

中深煎りで少し酸味のある豆で

コーヒー淹れてから

ヨーグルトに日本ミツバチの蜂蜜と

ブルーベリー3粒

猫がニャアと鳴いたら

できあがり

微睡み　8月28日

果てしない水平線

私は海原の真ん中に

手漕ぎボートで浮かんでいる

辿り着かない視界の果ては

天空の扉と繋がっているのか

僅かな好奇心から放たれた

一漕ぎは無下に風に押し返された

波のシェイクに戸惑いながら

自力の非力を自覚する

不可能とは無限の自由の始まりか

不安と絶望の中の静寂に安堵する

生命の起源の深層は私の中にも

未だ微睡んでいる

ひとつ　　9月4日

ひとり

ひとつ

ふたり

ひとつ

みんな

ひとつ

石と星　　9月11日

“石と星は
　おんなじようなものですか？”

小さき生命は聞きました

“同じようで
　違うものだよ”

“違うようで
　同じだよ”

“同じだし
　違うよ”

“違うし
　同じだよ”

似ているんだな
小さき生命は合点した

目的の目的　　9月18日

目的の為に過程があるのではなく

目的は過程を励ます為にあるんじゃないかと

今は思っている。

人生機会　　9月25日

見えているもの

見えていないけどあるもの

今はないけど生みだせるもの

目を閉じると見えてくるもの

近くにあるもの

遠くにあるもの

真後に隠れているもの

向こうからやってくるもの

と出会う

生きるんだったら　10月2日

“これからの人生は100年”
だって

でもこの星が美しく平和の地
でなかったら
幸せじゃない

長く生きたいなら
この星と心を
整えておかないと

Think journey　10月9日

見えない風が雲をつくるように
見えない思考が形をつくる

微細な思考の粒子が意識となって
やがて物の素性となり

生命になっていく

想いから形をつくり
形から想い巡らす

今の生　10月16日

ヘラヘラヘラ

今にゆだねて
心中探索

過想来想にふける時

生きてる証
ここにある

シンカンシンカン　　10月23日

海深く潜るように
息の限りを吸いこんで
今日の始まり
未知への対峙を覚悟する

瞬きの中、無数の光
ココロ澄まして

身感心観

あと少し　10月30日

待ち遠しい

その日が来るまで

あと少し

地平の彼方の

その先に

何があるのか

あと少し

時は重なり

役目を果たした

安堵の日々へ

あと少し

空想散歩　　11月6日

どこまで歩くのだろうかと
歩いている
いつまで歩くのだろうかと
歩いている
そのうち考えずに歩いていた

歩き続けているうちに
歩いているという自覚が
身体の中に溶け込んで
いったのだろう

その無自覚が空想の
スイッチとなって
私は空想の世界を
また
歩き続ける

鴉　　11月13日

白鳥は遠い異国の空を離れ
山あいの小さな湖のほとりで
我が命の未来を
ぼんやりと瞼の奥に想った
やがて夜が視界に幕を降ろすと
白鳥は鴉となって
遠い山へと帰っていった

羊飼いの私　11月20日

羊は蒸発して
雲になった

私は溶けて
湖水のひと雫

雲となった羊を
過ぎ去る渡り鳥

湖水を踊る
夕の陽光

いつの日か
また会おう

羊と私

父と湖　　11月29日

山の小さな湖へ
私は幼い頃から
父に連れられ登っていた
いつもはおっかない父が
拍子抜けするように
優しく笑うので
私のお腹もくすぐったく
なるのだった
その頃の父の歳をとうに越えて
ようやく父の葛藤や機微がよくわかる
霧を好むこの湖がいつまでも
穏やかに山の雨水を受け
群青色をきらめかせて
いてほしいと願う

またいつの日か手こぎ船を漕ぎ
浮かんでくる記憶の走馬灯の中で
私は安堵するだろう

霧の森　　12月4日

霧深いこんな日
には冬の森へ
行くといいさ

木々と獣達の
境目は白い霧に覆われる
いっそ君もそこへ
包まれてみてごらん

森と雲は繋がって
君も獣も
やがて
白くひとつに
溶けていった

夢の中
幻影の瞬き

続く道　　12月11日

道端に花が咲くように
鳥の囀りが聞こえるように
水辺で喉を潤せるように
木陰に腰を降ろせるように
手を繋いで歩けるように
途中で引き返せるように

そんな道を

通った道も
続く道も

道半ば　　12月18日

いつまでも歩みを止めず
ずっと先の見えなくなる
地平線の向こうの未来へ

その道半ばで終われたら
小さな喜びを私の内で
気づくだろう

ふと、そんな風に思う
冬の晴れた朝

歩く鳥　　12月25日

飛べない鳥が草原を歩いている
もう随分と歩いている

我が身は空に舞うことを
忘れてしまっていた

飛べない鳥は
空を見上げて
しばらく
立ちつくした

「空が遠くて青いのに」
鳥は独りごちた

翼は風が恋しくて
少しむず痒く
身震いする

忘れたことを忘れるまで
飛べない鳥は歩き続けた

星のかわりに
花のまわりで

飛べない鳥は
やがて
歩く鳥と
呼ばれた

2019

今を生きる　1月1日

未来へ向う人

過去を振り返る人

今しか見ない人

今と未来を繋ぐ人

過去から重ねている人

過去のままの人

今と過去と未来を往来する人

そうやって

今を生きる

あなたに届く　1月8日

遠く未だ見ぬ土地の
会うことのできない
あなたに届く

私と隣人の手から
生まれたこの物が

あなたの喜びの
証として

この世に
いつまでも
ありますように

星のような人　1月15日

語らいを
見つめている
佇む空気に
触れるように
そっと手を差し伸べる
優しい手間をかける
集いの心が温もるような
喜びの種を蒔いている

夜空に瞬く星のような人

歩を　1月22日

微睡む時、それまでの今日が
夢であったような気がしてくる

明日との隙間に潜ろうと
私が私を溶かしている時

夢を無くした旅人は
背中に背負った希望を
忘れてはいまいか

目の前は暗くとも
遠くに映る山並みに
薄っすら青白い境界線が
見えるだろうか
陽はあと少し
歩を進め
歩を進め
眼と心の
交点へ

おやすみなさい　1月29日

さようならを言う前に
微細な回想の瞬きを

光速スローモーション
永遠瞬間いつまでも

縦横無尽の飛行追憶
未来の分まで眺めていたい

忘却の終着へは辿り
着くまい

君は
ゆっくり
おやすみなさい

生命のカタチ　2月5日

今、目の前に
見えている
その物の
用や美の
ずっと奥まで
広がっているような
喜びや安心や心に満ちる感情が
いつまでも
生まれてくるような
物をつくりたい

その物は想い出を内包し
愛着となり
物からやがて
生きものになっていく

それは私たちがその物を
愛おしく思っていることを映す
生命のカタチなんだと思う

冬の日　　2月13日

冬の木洩れ陽
北風吹かれて踊ってる
渡り鳥の群れをさざ波が
くすぐっている
通り過ぎる生命の鼓動が
微細に響きあいながら
この星は巡っている
細雪の舞い散る夜空の向こうには
果てしない未知と過ぎ去った時が
終わることなく広がっていく
目の前にあるこの喜びは
そのほんの一欠片の
星の生まれ変わりか

タイムトンネル　2月19日

過ぎたことのあるような
この知らない土地の住宅街は
タイムトンネルで戻ったように
幼い頃の懐かしい風と色を蘇らせた

ブランコに揺れる子ども

路地で野菜を売る老夫婦
柱を組み上げる大工
梟のいるという茶房

現実か記憶の中か
境界線はおぼろげに

梅が満開に咲く庭で
もう乾いただろう
洗濯物が揺れている

ベーゴマ
ミニカー
シロツメクサ
泥だんご

郷愁の断片回帰

人生ゲーム

15マス戻る

夢の中

ごはんをつくる　　2月26日

特別ではない
いつもの帰り道
材料を眺めている時
今日の安堵が身体を包む
さて何を作ろう
家に残っているのは
なんだろう
これは美味しそう
あの野菜と合いそうだ
頭の中がパズルのように
なってきて

ほんの2.3品の今日のごはん
考えることが小さな旅のようで
私はうれしい

材料をダイドコに広げて
手順を考えるのは絵を描く前に
絵の具を選んでる時のような
気が急いでしまうような

喜びが湧いてくる

出来上がりの時間を想像しながら
身体と頭を繋げて無駄がないように
考えるのは服づくりのようで
沢山のヒントが浮かんでくる
できあがったらお皿と料理が
新しい関係になるように

器のつくり手のことを
思いながらごはんを
いただくことは今日の
この日に感謝するひととき

ごはんをつくる
ただそれだけなのに
私はお腹も心も
満たされる

物と気持ちの時間　3月5日

つくる時
物に気持ちを込める
つかう時
物に気持ちを込める

その気持ちが物に染みこんで
物はやがて
生命を持ち始める
それがうれしそうで
私はその物を
愛する

あたたかくあったこと　3月12日

踏切そばの駄菓子屋で
鼻たれながらベーゴマ遊び
今日のヒーロー紙芝居
おんぶ紐括られ眠る乳飲み子
くわえ煙草にハンチング
コタツの向こうのブラウン管
遠くに響く豆腐屋ラッパ
ダンボールハウス野良猫眠る
街の夕暮れ遠き山に陽は落ちて
煮付けの甘い香りに誘われて
我の郷愁二度見する

魔法の四角なかった
あの頃今頃何処にいる

雪の旅　3月19日

浅間山の麓
冬の終わりに雪が舞いました
地に落ちるのをためらうように
ゆっくりと

その雪のひとひらは言葉となり
小さな戸惑いとなりやがて静かに
消えてなくなりました

銀色の雲の隙間に光が生まれ
雪はやがて木漏れ陽へと
旅立っていきました

桜　3月26日

迷いなく繰り返す
花の可憐は
生命が生命の

故郷だと

小さきものの
僅かに在る
その尊さは
無から有への
奇跡だと

桜の花は
独りごちた

暖炉　4月2日

白樺の折れた枝
暖炉にくべた
乾いた白い皮は踊りながら
炎となって空のほう

恋した黄色い鳥のとこまで
飛んでった

記憶の住処　　4月9日

もう忘れてしまったと思っていた
あの小さな記憶は私の中の隅っこで
ちゃっかり眠っていた
HOTEL CALIFORNIAが
その記憶の住処だった
ラジカセから
カセットテープが伸びた
Eaglesの歌声を
スポーツ刈りの私は
寝転びながら
聴いていたんだ

色と形　4月16日

誰もいない西陽のアトリエ
私は白い紙の深海を潜っていく
ルーペの中は限りを失った世界
奥へ奥へと広がって伸びていく
私の体はみるみる小さくなって
やがて消えていく
鉛筆のチャコールは踊りながら
空想の原野から意識の裏側の
景色を映し出す
そこから始まる
色へ
形へ

共振　4月23日

草原
大空
海底
宇宙

ミクロ
マクロ
のメトロノーム

時空
記憶
空想
ミックスジュース

深呼吸
モビール揺れて
共振する

雨の　4月30日

私の中から空想の霧が生まれ
空へと昇っていった
霧は雲となり
やがて雨になって帰ってきた

その雨のひと粒ひと粒は
淡い光の糸となり
地の上にひと針ひと針
ステッチされた

あの時の
その時は

誰かの記憶の中で
郷愁色となって
染み込んでいった

炎の行方　5月7日

落ち枝を拾い
暖炉に焚べて
炎が踊るのを
じっと眺めて

その炎が
何に生まれ変わり
何処へ行くのかを
僅かに生まれる白煙の
ことを案じながら
時と空を見送った

私もこの枝と同じ
炎の素なのだ
心の中にある
この過ぎた記憶は
あの白煙の如く
静かにまた
時と空の中に
帰って行くのだろう

炎は何処へ行くのだろう
空想の先の奥の方へと
続いてく暗闇照らしに
行くのだろう

ここ　5月14日

ここに風が吹く
ここはここにいる

ここに来るもの
ここに在るもの

時の粒子は
風景となって
移りゆく
今をつくる

おばけ　　5月21日

可能性は有限だ
その限りとは
あるものではなく
つくられるもの
私の心が勝手に決めて
もう先はないと思うとき
限りは突如現れる

じっと眺めていると
やがて気化して
消えていった

あるような
ないような

限りという
おばけ

CIRCLE　5月28日

空の隙間へ
鶯の声が
旅立った

八ヶ岳の尾根は
微かな残雪を
陽にわけている

真綿のような雲
風に解けて

白樺の若葉
クスクス

鶯の声が
旅立った

circle

生命は姿となり
この地の時を
全うする

想う　6月4日

鳥よ
我が翼に何を想う

森よ
我が身に降る雨に何を想う

風よ
まとう潮の香りに何を想う

君よ
ここに咲く花に何を想う

旋律の中で共鳴する
分子の鼓動は
輪廻を繰り返し

やがて
景色となる

それは
想いの結晶だ

編みかご　　6月11日

旅は始まりの瞬間を
携えている

人に出会い
物に出会い
風景に出会い
偶然に出会い
新しい私に出会う

出会いから
時が生まれ
重なっていく

やがて
時と時は結ばれて
記憶の編みかごとなって
人生をしまっておける

夢の居心地　　6月18日

夢を形にって言うけれど
夢は形になりたくない
夢は浮かんでいたいから
心の中に居場所を決めず
自由気ままに泳いでいます
だからいつまでたっても形になりません
だからいつまでたっても壊れません

夢の居心地のよい
心でいたい

雨の一句　　6月25日

昨日の山に降る雨
今朝の窓ガラスに
一句したためる

知らぬ街

雑踏の囀り

夢の続きか

imagineか

明日は待ちわびる

新しい瞬間

郷愁の永遠

君の道が

つづく

空へ

消えるまで

バッハ無伴奏チェロ組曲第一番　7月2日

言葉では表せないことがあると

この曲を聴くたびに思う

そのようなものが心を創るのだと

小さな鳥　　7月9日

ガムラスタンの骨董屋
ショーケースの奥のほう
翼を広げて飛ぶまねしてる
ブロンズの小さな鳥は
もう何年も空を知らない

値札も剥がれた小さな鳥よ
おまえの自由と希望は
まだ失せてはいないだろうか

店主にケースを指差して
『あの鳥を』
主人は最小限の笑みと一緒に
小さな鳥をつまみだし
私の掌にポトリと落とした

旅のある日
一羽の小さな鳥は
私の掌の上で
空を見ている

手を伝っていくもの　7月16日

絵を描く時
紙の上には頭の中にある
景色が映っているので
私はそれを色んな道具で辿っている
ような感じで絵を描きます
それは小さな頃
粘土でウサギやリスを作るときから
変わっていません

形や景色が頭から手を伝って
具体となることが不思議でしたが
今は水蒸気が水になるようなことなんだって
わかってきました

頭から手へ景色が伝っていく時に
私の空想の分子のようなものが
入っていくのを感じます

私がものをつくる喜びは
そんなところにあるのだなと思います

記憶旅　　7月23日

日々の記憶は波打ち際の小さく光る
石や貝のかけらとなって

それぞれの記憶の形跡を
緩やかな曲面と微細な粒子の集積の中に
とどめながら時折光をはね返したり
打ち寄せる波と戯れている

過ぎていくものを送り
やがて来るものを迎え
幾度も幾度も研磨され
やがて分子となって
再び真っさらな自由に
戻っていくのか

つくる理由　7月30日

私の限られた生命の時間から
解き放たれた
物の生命の時間は
生まれてくる

私の中にある記憶から物が生まれ
誰かの記憶の種となる

その事が私の関心であり
私の生きる意味をつくっている

だから今日も
私はつくる

シオカラトンボ　8月6日

何かの拍子に窓から入ってきた
シオカラトンボ
閉じた窓から外へ出ようとガラスを滑っている
となりの窓は開いたままだ

私の心の中もそんな風に
開いた窓に気づかない

外の世界に気を取られ
なかなか外に出られない
風の気配に向かえばいいのに
木々のざわめきに耳を澄ませばいいのに

シオカラトンボは
私の心

芸術と暮らし　8月13日

芸術というものは人間だけでなく
全ての生き物の中にある

生き物は芸術を創造するのではなく
生命の中から放出しているんだ

その生命のエネルギーを感じながら
生きるということが
暮らすということなのだろう

日々、瞬間が連続する中に内包される
生命の呼応はやがて一塊のエネルギー
となって放出される
それが芸術となる

それが全ての生命の意識にエネルギーとして
融解されて記憶の中に保存されていく
その記憶は心を湧き立ち上がらせ
未来へ進む糧となっていく
それらの相互作用が生き物の生命を
輝かせている

ナゼの色　8月20日

多くの大切なものは
結果の中にではなく
そこに向かった理由にある

だから結果にこだわらず
理由について何度も問うてみる

ナゼしたかったのか
ナゼそうしたのか

ナゼの中には色んな心持ちが
混ぜ合わされているだろう

心のパレットで混ぜ合わせたナゼが
濁っていたら結果も濁ったものになる

この時　8月27日

未来を想う

追憶を漂う

今

この時に

永遠の住処　9月3日

未だ来ぬものは想いとなって

過ぎ去ったものは記憶となって

今、この中に在る

瞬間の時の中に

永遠が住んでいるんだ

壁に　9月10日

迷ったり行き詰まったりすることで
見えることがあるから不思議だなぁ
と思うんです。

行き止まりの壁にハッとすることが
落書きされてるみたいに

小さき者たち　9月17日

私は家です
無数の小さな細胞たちは
この私という家の中で心地よく
過ごしているだろうか
私の心に浮かぶ想いや空想は
彼らの居心地から生まれているのでは
ないだろうか
私という生命の中で無数に生まれ、消え、
そしてまた生まれてくる細胞たちの住処として

私は私がいただく喜びほどに彼らに喜びを
つくれるだろうか

私は彼らの家です
彼らは私の景色です

私に住む小さき者たちと私は生きています

遠く遠くすぐそばまで　9月24日

私は行こう
辿り着くことのない
遠く遠くへ
思いもよらない出来事
見たこともない風景
期待も後悔もしない

遠く遠くへ向かう想いは
もうすぐそばまで
来ている

鼻唄　　10月1日

目を閉じて
耳で覗く景色の中
潜って

瞼の裏にただ広く広く
チカチカした草原

自転しているこの星の軌道は
本当は猛スピードらしいと
風が耳元でささやく

明日までの時の群れ
瞬きの集積
過ぎ去る姿を
どうやって見送ろう

満天の星のでる頃に
鼻唄ひとつ
歌ってやろう

遠く空へ飛ぶ鳥のある日　　10月8日

遠く空へ飛ぶ鳥のある日に
鳥は翼いっぱいに不安を詰め込んだ
不安は翼の羽のひとつひとつに蓄えられて
鳥を遠く空の彼方まで飛ばしてくれるのだった
風は逆風だろうと順風だろうと構わなかった
鳥はただ前に向かって飛んでいった
ある日から随分と経つ頃に
ようやく鳥は地に降り立ち
翼を休ませる平穏を迎えた
鳥は深呼吸して
過ぎた生命に想いを馳せた
不安はもう尽きていた

双子の姉妹　10月15日

美しさは物が放つ波動となって
私達の心を震わせる
美はそのものが用である

用の美もある
美という用もある

それぞれが自立して
それぞれは繋がっている

双子の姉妹のような

金木犀　10月22日

金木犀の香りがどこからか
花曇りの日の散歩道
旅先の知らない街並みに
潜りこんだ
たった今

出会いと出会いの隙間に
できた小さな時の間に
私は私を覗いている

路地裏の植木鉢たちが
子供時代の残像を
アスファルトに描いている

ケンケンパッ
ケンケンパッ

頭の中で
ひとりごちる

金木犀の香り
後ろに残して

線の向こうに　10月29日

限界というものがひとつの
境界線ならばきっとその先にも
何かがあるのだろう
幻想に映る壁は高く溝は深い

目を閉じて遥か遠くを見つめ

耳を塞いで内なる音色に心揺らす
やがて
私の手や心は自由の中に浮遊する
壁や溝も飛び越えているのに
気づかないままに

ガス欠　11月5日

ガス欠で車が止まった
それに気づかなかったのは
人生で初めてだった

そんなことが起こるんだなあと
残念混じりに感心してしまう

人はとってもまばらな
意識の中で生きている

まばらでなかったら神経が
疲れてしまうのだろう

まばらなところのスポットが
だんだん広くなるかもしれない

それもまた自分を保つ隙間なんだろう
その隙間にどんな種を蒔いてみたいだろうか
水やりを時々忘れても育ってくれる
種を蒔こうか

今日をもらう　　11月12日

目が覚めて
水飲んで
昨夜の残りご飯で
リゾットつくって
コーヒー淹れて
友人のくれたCD聴いて
シャワー浴びて
歯を磨いて

そうか僕は
今日という機会を
もらったんだ

もらうことから
一日が始まっている
のに気づきました

朝の色　11月19日

曇りの朝
窓の外でキジ鳩が
ポーポートュルットュルッ
と鳴いている

グレーにイエローを少しの影

寝起きの夢が気化し始める
もう一度鳴いたキジ鳩

朝の色は色んな偶然が混ざって
光濁っている

落ち葉　　11月26日

役目を終えた安堵からか
思いつきの空想に浸っているのか

落ち葉はそこに黙っていた

絵かきの残したパレットのような
そのひと葉は雨に濡れ
しばらくは風に吹かれ
いったん土へと還って
いくのだろう

心海　　12月3日

遠くの木々の隙間から
光の橋がこちらに向かって
架けられている

そこを渡ってくる
さえずりと影
逆光をまとう君

私は目を閉じてその光を
瞼の中に招き入れた

耳を澄まし沈黙の中
微かに残る葉擦れが
くすぐったいまま
格子柄のブランケットに
くるまって

心海に潜った

生きてる　12月10日

空の下にある声
土の中の沈黙
水と火の自由
木や石の忍耐

ここにある全て
みんな
生きてる

葉の話　　12月17日

木々にとまる鳥達と過ごした日々を
懐かしむように黄金色に色づいた
落ち葉たちは街路樹の根元に寄り添って
カサカサと小声で
つぶやいている
時折吹く北風に舞って
はしゃぐのは土へと還る寂しさを
紛らわせているらしい
アスファルト色の雲から
真っ白な雪が溢れ始める
我が身に積もるその結晶が
乾いた葉脈から浸みてくる
とうとう本当の自由の中へ

葉は眠りの中で一輪の椿に生まれ変わり
陽射しと戯れている夢を見た

春はまだ暫く気配を隠し
冬はまだ白いままを謳歌する

猫は振り向かぬまま霜柱を
そっと肉球で確かめながら
いつもの草むらへ潜っていった

心の呼吸　12月24日

外の世界と内の世界の間には
薄い透明なフィルムがある
その膜を心が自由に行き来する
外の世界で出会い
内の世界で記憶する
そうやって心は呼吸している

2020

明日　　1月1日

すぐそばの未来を
私たちは明るい日と呼ぶ

一瞬一瞬
真新しい希望が
生まれている

ゆらぎの影　　1月7日

外から事象がやってくる
内の心象へ
内から心象がやってくる
外の事象へ

形と思考は交信する
美と醜は寄り添い
共に歩く
双生の生命

宇宙からの事象

私からの心象

炎のゆらぎ

影を映して

創造の道　1月14日

伝統と革新は

電極のプラスとマイナスみたいに

互いを引き寄せ合って

創造の道をつくっている

その道は過去から未来へとつづき

この今というあかりを灯しているのだ

あの日　　1月21日

あの日をもう一度見ることは
できない

断片的に心がとらえたあの日
事実であるかのように淡い記憶
が瞼の奥で現像される

手漕ぎボートが過ぎた湖面に
双曲の放物線を残して

私は行く先に背を向け
オールで水を押しやって
今来た景色をまばたきで
コマ送りした

湖面には逆さの世界がたゆとうて
あやふやな時空を微笑んでいる

水中ではワカサギたちが
陽光のきらめきを
銀面の腹に反射させて戯れている

もうあの日は来ない

幼い瞼に残った

ほんの小さなある日は

今になって私を

突然に包みこんだ

発酵熟成　　1月28日

現象と事象は心象の中で

意思と結合して芸術になる

身体はそれを見守る巣のようなもの

見る、聴く、触れることで外から中へ

やがて心象は創造へと発酵熟成をはじめる

間　　2月4日

時空は間の中に在る

間は時と空を不確定で

いることを内包しながら

この宇宙を宇宙たらしめる

形の姿　　2月11日

どんな大きさで
どんな重さで
どんな温度で
どんな色で
いつまで
在るのか

それは
見えてる形ではない
形の生命の姿のこと

空想卵　　2月18日

まだ生まれていない
ものたちを私は知らない

知らないことを
まだ見ぬうちに
想ってみる

まだ生まれてこないうちに

空想の卵の中を

温めてみる

気持ち　2月25日

気にしない

気にしない

気になる

気になる

気というもので

私は物を観て想う

それを私の気持ちと

いうのだろう

みんなの気持ちも

ひとつひとつ

違うのだろう

それが混ざって

今が生まれる

人生ゲーム　　3月3日

私の日々は一コマづつしか進まない
いっぺんに10コマは進まないし
ワープもしない

私の日々は後戻りもしない
人生ゲームのように15コマ戻ることも
振り出しに戻ることもない

似たような時の流れの
ほんの少し違うことの日々

朝ご飯のスープの具
コーヒーの豆の種類
アトリエで描く図案
帰り道に浮かぶ新しいアイデア
晩ご飯に飲むワイン
寝る前に聴く音楽

そんな僅かで儚い
喜びと安堵の振動が
心の音色を響かせる

そんな日々が愛おしく
思えるような

私の人生ゲーム

巡る　3月10日

与えられている時間が
湧いてくる心象と
出会うことは
私にとって
うれしい
瞬間

その瞬間が
どんな形を
生んでいくのか
その道を辿っていくのが
私に与えられた時間なのだと

時は空を
巡っていく

交点　3月17日

未来は想いの方へと
進んでいく

希望はこちらへ
向かってくる

その交点を
見つめて
歩く

喜びの花　3月24日

種を撒いて
根を張って
芽を出して

やっとこ
小さな花が咲く

そんなふうに
喜びは育つ

喜びが咲くように
水をあげたり
陽にあてであげたり
気にしてあげると

いつか咲く

やっと咲いたなら
やがて散る前に
景色となり
蜂に蜜を分け

その喜びの役割を
終えて散りたい

雪と桜　　3月31日

窓から見える満開の桜は
今朝から舞う季節外れの白雪を
ことさら驚くこともなく
まるで幼子をおぶるように
花びらに受けとめている
無頓着に着地した雪は時折
花びらから滑り落ちては
枝を小さく震わせた

いつのまにか寝入った
午睡から覚めたころ
雪はすっかりやんでいて
花びらの上で戯れた木綿のような
玉雪も滴となって歩道へと
落ちては弾け、落ちては弾け
それはそれで楽しそうに
瞬きを謳歌していて
微笑ましかった

雪が解けてなお
満開の桜は花びらを散らすことなく
夜を迎え今宵の月光と
夜通し何を話そうか思案をしている
少し冷えたのだろう
武者震いするように枝をサワサワ揺らして
わずかに土に残る白い紙切れのような
雪をチラ見した

散るまでのあと幾日か
そうやって桜は
日々を受けとめて
いるのだろう

アイデアを育てる　4月7日

迷った時はどちらにも
可能性があるはず
だからパッと決めて
その事に使える時間を
なるべく多くする

悩んでいたり
いつまでも決めないと
アイデアをカタチにする時間が
足りなくなってしまうから

アイデアを育てるアイデアが
大切なんだと物を作るとき
自分に言い聞かせている

夕暮れのほんの少し　4月14日

街路樹
大木の桜の
薄桃色の花びらは
とうに風に誘われて
どこかへ行ってしまったらしい
その日の手もち無沙汰から
準備したての黄緑色の小さな葉の手を
小路のアスファルトに広げて
木漏れ陽で影絵つくって遊んでいる
やがて日暮れて
そろそろ街燈灯るころ
いたずら犬はいつものように
路にはみ出した根っこを鼻先で
くすぐっては後脚を蹴り上げて
何かと何かを確認している
それをほんの少し
立ち止まって
見ていた
口細カラス
寝ぐらに帰るの
しばし忘れて

手紙　4月21日

手紙を書こう
思い浮かぶ言葉で
思い浮かぶことを
思い浮かぶ君へ

隣で囁くように
とても些細な
ありふれたできごとを
とりとめもなく
あてもなく

手紙の時空で
旅しましょう

あれから　これから　4月28日

あれから
ここへ来るまで
どれだけの時が経ち
どれだけのことが変わったのか

そして気づいたこと
遠くへ置き忘れた大切なこと
引き返して取りに行くことはできない

これから
もう一度探して
積み上げていく時の中で
どんな姿をつくりあげていけるのか
ここで見つけていかなくてはいけない

耳を澄まして
言葉を交わして
目を合わせて
手を繋いで
想いを重ねて

あとがき

Letterを始めたのはデザイナーとして日々、想い、感じていることを記し、そのことが私の人生の過去から未来の中に事実や空想や意識として存在していることを知り、そこからやがてデザインというものに変化していく様子を観察してみたいという好奇心とそれを周りの人達と共有してみたら小さな接点を共有できて、それは楽しいことなのではと思ったからでした。Letterは誰かに宛てるというよりは自分との往復書簡のように続いています。

自分の心の中にある意識や感情は現実の中に流れている時の中では見えづらく自分の中にある感情を言葉に変換していくことでその感情は輪郭を

持ち、質量が生まれてくるような気がします。
Letterは書き終わると僕の心の中からは揮発してしまい思い出すことができません。それはとても不思議です。時折、過去のものを読み返す時、その時の自分の気持ちとあらためて出会うような感覚すら覚えます。だからこそこの一週間に一度向かい合うLetterとの時間は私の心の痕跡を残すものとして私には大切な時間になっています。

このLetterがこの先どこまで続きいつ終わるのか私にはわかりません。そして今、この瞬間もデザインという実体として残る事とLetterという想いの言葉の関係が互いに響き合いながら私の生きる支えとなっていることを深く感謝しています。

皆川　明

Letter

Akira Minagawa

—

minä perhonen

2020年 8月7日　初版第1刷発行
2022年11月15日　初版第3刷発行

著者　皆川明

発行者　佐藤真

発行所　株式会社つるとはな
101-0054 東京都千代田区神田錦町 1-13
大手町宝栄ビル 604
電話 03-5577-3197
www.tsuru-hana.co.jp

装幀・本文デザイン　サイトヲヒデユキ

印刷・製本　株式会社アイワード

製本　株式会社博勝堂

ISBN978-4-908155-08-6　C0092